# EL CAPITÁN DE LOS DORMIDOS

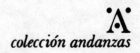

*colección andanzas*

# Libros de Mayra Montero
## en Tusquets Editores

# MAYRA MONTERO
# EL CAPITÁN DE LOS DORMIDOS

1.ª edición: abril 2002

Diseño de la colección: Guillemot-Navares
Reservados todos los derechos de esta edición para
Tusquets Editores, S.A. - Cesare Cantù, 8 - 08023 Barcelona
www.tusquets-editores.es
ISBN: 84-8310-201-3
Depósito legal: B. 9.649-2002
Fotocomposición: Foinsa - Passatge Gaiolà, 13-15 - 08013 Barcelona
Impreso sobre papel Offset-F Crudo de Leizarán, S.A. - Guipúzcoa
Liberdúplex, S.L. - Constitución, 19 - 08014 Barcelona
Impreso en España

Para Susan Bergholz
y Beatriz de Moura.

Y a la memoria de dos hombres:
Vidal Santiago y Roberto Acevedo.

No sucedió jamás, jamás.
Lo pareció por lo sesgado, por lo fino
y lo húmedo y lo oscuro...
Lo pareció tal vez de tal manera,
que un instante la boca se nos llenó de tierra
como a los muertos.

Dulce María Loinaz

*Past is not dead;*
*is not even past.*

William Faulkner

Estoy en el último lugar del mundo donde me gustaría estar. Esperando a la última persona en esta vida a la que jamás pensé volver a ver. Son casi las seis. Bebo sorbitos de cerveza en el bar del Pink Fancy, un hotel de Santa Cruz al que llegué hace unos minutos, arrastrando una pequeña valija de fin de semana.

Me atendió, al llegar, una mujer que no paraba de reírse. Era joven y bastante gruesa, y, por lo visto, no conseguía olvidarse del chiste que acababa de contarle otro empleado, un hombre que revisaba papeles y que también se reía bajito. Pregunté por mi reservación y ella me respondió con una vocecita aguda, en un inglés pintado, poco común en esta isla. Luego me entregó un folleto con un plano de la ciudad —no me dio tiempo de explicarle que puedo caminar por Christiansted con los ojos cerrados—, dibujó un circulito sobre uno de los restaurantes y me recomendó que no dejara de cenar en él. Asentí con una sonrisa que me temo que le pareció burlona. Entonces se replegó, se comportó como un mayordomo herido y me indicó secamente que mi habitación estaba en el segundo piso. Antes de subir le pregunté por el número de la habitación de Mister Bunker, John Timothy Bunker, desgrané cada sílaba y me pareció escuchar la voz de mi padre: «J.T.», que lo pronunciaba en inglés: «yei ti». Siempre llamó de esa forma al Capitán de los Dormidos.

Subí y tomé una bocanada de aire antes de levantar el

teléfono. ¿Cuánto tiempo hacía que no oía su voz? Cincuenta años, cincuenta y uno dentro de pocos meses. Yo tenía doce la última vez que hablé con él. Me hallaba en el portal del hotelito de mi padre, en medio del dolor me refugié en ese lugar, y el Capitán me revolvió el pelo cuando pasó por mi lado, tenía esa costumbre. Un poco más adelante se detuvo para ver si yo le decía algo. Pero no abrí la boca, seguí peinando unos naipes con los que había estado jugando, de modo que decidió hablar él, si bien con otra voz. Me dijo: «Así se crece, hijo». Y no vine a comprender el significado de esa frase hasta que pasaron muchos años. Para entonces, ya empezaba a preguntarme si lo que vi fue lo que vi. Y empezaba a preguntarme también si en realidad valía la pena matar al Capitán, que era lo que había jurado hacer dondequiera que me lo encontrara.

La voz plomiza de un viejito sin fuerzas respondió al teléfono.

—Soy Andrés —le dije—, ya estoy aquí.

No contaba con que empezara a sollozar. Tuve esa impresión de pronto, y luego pensé que tal vez no se tratara de sollozos. Acaso le costaba un gran esfuerzo incorporarse, levantar el teléfono, o simplemente hablar. Hablar, sobre todo; él mismo me había dicho que el cáncer le había alcanzado la garganta. Hizo una pausa y murmuró: «Gracias por haber venido». No le respondí, y él agregó que el día anterior había llegado desde Maine y que estaba agotado, pero que podíamos encontrarnos dentro de una hora en el bar. Le aseguré que allí estaría. Presentí que iba a decirme alguna otra cosa, pero no le di tiempo. Colgué y me quedé respirando rápido, con esa sensación de haber corrido para salvar el pellejo; salvarlo, sí, pero ¿por cuánto tiempo?

Prendí el televisor, colgué mi ropa —una chaqueta, un par de pantalones, las camisas que Gladys estuvo doblando mientras me aconsejaba que no viniera a Santa Cruz— y abrí una botellita de agua. Luego me tumbé en la cama, y tan pronto puse la cabeza sobre la almohada decidí que tenía que adelantarme. Cogí la llave y salí al pasillo. Bajé al bar y pedí una cerveza. No podía permitirme el lujo de llegar en seco y encontrarme al viejo ya esperándome. No quería que, para empezar, dijera que ahora me parecía más que nunca a mi padre y que, al verme venir, a contraluz, se imaginó que era su amigo Frank quien se acercaba. Aunque mi padre no llegó a alcanzar sesenta años, y yo he cumplido ya sesenta y dos. Sesenta y dos muy mal llevados, estoy seguro de que aparento más, algo que no me importa mucho ni poco. Me sentí viejo, me acostumbré a ser viejo desde que era un niño.

El Capitán, según mis cálculos, debe de tener ochenta y tres, demasiado mayor para ese vuelo incómodo desde Maine, con escala en San Juan y cambio de avión para las Islas Vírgenes. Tengo que reconocer, sin embargo, que no hubiera aceptado ir a verlo a ningún otro lugar que no fuera el Pink Fancy. Sólo aquí tengo el coraje para enfrentarme a lo que va a decir. Coraje, y esa especie de desasosiego que le permite a uno tirarlo todo por la borda. Este hotel, casi tan viejo como yo, me lo transmite todo. Aquí vine muchas veces siendo niño; aquí jugué en las vacaciones, y éste fue mi lugar favorito por aquellos años. Tanto, que en algún momento le pedí a mi padre que pintáramos de azul las ventanas y los aleros de nuestro hotelito en Vieques, y le cambiáramos el nombre: en lugar de Frank's Guesthouse, lo llamaríamos Blue Fancy. Pero papá no quiso, y ahora encuentro lógico que no quisiera. Me mandó poner mi propio hotel cuando me hiciera grande, y bautizarlo con el nombre que se me antojara. No lo hice. Estudié leyes y nunca se me ocurrió poner un pequeño hotel de playa. Sospecho que ya es muy tarde para intentar abrir alguno.

«Muy tarde», repito, e instintivamente miro el reloj. Estoy en el último lugar donde me gustaría estar, son las seis y cuarto y he terminado mi primera cerveza. Me dispongo a pedir la segunda cuando lo veo acercarse. ¿Cuánto puede derrumbarse un hombre sin caer del todo? El Capitán trae un sombrero como el que siempre usó: un panamá oscurito; los pantalones anchísimos de caqui y una camiseta blanca demasiado estrecha, inclemente con sus huesos puntiagudos. Mira hacia todos lados, menos a mí, que por lo pronto soy la única persona que ocupa una de las mesitas en aquel bar desierto. Ni por un instante pretende mirarme, aunque me reconoce, claro. Reconoce al niño que dejó de ver, pero que siempre ha visto. Alguna pesadilla recurre y lo atormenta, una terrible en la que ve mis ojos, estoy seguro de eso. De lo contrario no habría hecho nada por encontrarme aquí.

Me pongo de pie y le tiendo la mano. Él hace lo propio y, mientras se la estrecho, me llega una tufarada a vómito. El olor proviene de su ropa, acaso de su piel, supongo que ha estado vomitando justo antes de bajar a verme. Ya cuando nos sentamos, puedo enfrentarme mejor a su aniquilamiento. Ésa es la palabra para definir su rostro, que se le ha deformado de la peor manera: ojos de lagartija en las cuencas de color violeta; orejas crispadas, como las de un leproso, y mejillas hundidas, manchadas de gris.

—El cáncer es esto —sonríe, como si acabara de adivinarme el pensamiento.

Me pregunto cómo me verá él a mí. Han pasado cincuenta años y no puedo cantar victoria. De aquel niño de doce, amulatado por el sol, con el cabello rizo y el mentón partido, poco podría reconocerse en este viejo pálido, blando, totalmente calvo. La explosión de un obús, en Vietnam, casi me arranca una pierna. Lograron salvármela, pero cojeo. Cuando amenaza lluvia, cojeo con dolor, con una especie de rabia que involuntariamente me frunce la boca; el resto del tiempo mi cojera pasa casi inadvertida.

—¿Te afeitas la cabeza? —pregunta el Capitán.

—Casi nada —respondo—. No hay mucho que afeitar ahí.

Se echa a reír, y es otra vez como si sollozara.

—No me siento bien —admite—, terminé un ciclo de quimioterapia hace tres días.

—Ya sabes a lo que he venido —digo sin conmoverme—. No quiero que te sientas peor.

El Capitán niega con la cabeza. La camarera se acerca y nos pregunta qué otra cosa queremos beber. Él se limita a pedir un whisky en una copa de coñac. Yo repito la cerveza.

—Estoy casi tan viejo como tú —agrego, tratando de conservar un tono neutro, casi apacible—. Pude haberme muerto hace muchos años, cuando estuve en Vietnam; o pude morirme el año pasado, que me caí redondo en medio de la calle; de aquélla salí con marcapasos. Mírame bien, J.T.: ¿crees que no tengo derecho a saber lo que pasó?

Podría jurar que el Capitán me ha mirado con alegría. Aprieta esa línea de su boca, en la que ya no quedan labios ni nada que los recuerde. Aunque en mi interior esté viéndolos. Veo su boca, de labios gruesos, bien dibujados bajo el bigote fino, y su mandíbula rotunda, que era la clásica mandíbula de un pelirrojo temerario. El Capitán lo fue.

—Pregunta lo que quieras —me desafía, alzando la voz y engurruñando los ojos, como si de repente no soportara la humilde claridad del mundo. Ha empezado a oscurecer.

—Dime tan sólo si lo hiciste.

—Hice algo, sí. —Escupe las palabras lentamente, como semillas que acabara de chupar—. No me arrepentiré cuando esté muerto.

15

Dice muerto, y evoco en sus labios la palabra muerte. «No se habla de muerte.» Fue la frase que me dijo la primera vez que me subí a su avión, un Cessna Periquito (así lo bautizó mi madre, porque era verde y azul). En el momento en que me vi volando y divisé la playa desde lo alto –la playa, y el punto gris en que se convirtió mi padre– le pregunté si íbamos a caernos. Él no me contestó y lo repetí más alto, utilizando otras palabras: le pregunté si íbamos a morir. Dejó de reírse y se concentró en el cielo: «En mi avioneta no se habla de esas cosas. No se habla de muerte». Yo debía de tener entonces unos siete años, y mi padre, que había insistido para que volara con el Capitán, nos acompañó hasta las inmediaciones de Roca Escondida, una playa junto a la cual corría la pequeña pista improvisada de Mosquito, que sólo usaban dos pilotos: el reverendo Vincent con su DeHavilland plateado, y el Capitán de los Dormidos con su Cessna 140. Papá solía decir que las personas que vivíamos en las islas teníamos que acostumbrarnos a volar desde chiquitos. Mi madre, aquella vez, le dio la razón. Me abrochó la camisa y me recomendó que estuviera atento, pues iba a ver la finca desde el cielo. Ella llamaba «finca» al conjunto que formaban el hotelito y nuestra propia casa, un viejo edificio de madera que quedaba detrás, y que en aquel entonces a mí me parecía un caserón inabarcable, con tres o cuatro habitaciones en la segunda planta, y un sótano donde papá guardaba las camas viejas que iba sustituyendo en el hotel.

—¿Cuánto hace que no vas por Martineau?

La voz del Capitán, que no es del todo su voz, me arranca del ensueño, como si me arrancara de un hechizado vientre. El trozo de playa que quedaba frente al hotelito, y el cerro que se alzaba detrás de la casa, más la hondonada pequeña con el bosque seco, todo aquel territorio se llamaba Martineau.

—Hace siglos que no voy. No tengo a qué.

—Claro que tienes a qué —protesta, con un deje de ironía—. Pero no hay que forzar las cosas. Un día, de pronto, te van a entrar ganas de verlo todo tan cambiado. Me han dicho que han construido otro hotel en Martineau, en el mismo lugar. Vas a tener ganas de enfrentarte a eso.

—Sólo quiero enfrentarme a una cosa —machaco sílaba por sílaba.

El Capitán se estremece, pero sigue hablando. Añade que un año atrás, cuando supo de su enfermedad, tuvo el impulso de volver a verme; el impulso de regresar a Vieques. Llamó a sus amigos de Santa Cruz, los pocos que le quedaban, y averiguó que yo vivía en San Juan. De ahí en adelante le fue bastante fácil conseguir mi número de teléfono gracias a una operadora, y más fácil aún llamar a casa y preguntarle a mi mujer por mí.

—Ella —exclama, como si se acabara de acordar—, ¿no vino contigo?

—No quiso —le digo—. Tampoco quería que yo viniera.

Mueve la cabeza, contiene el impulso de preguntar por qué.

—Con ella estuve hablando —le explico de todos modos—. Nos casamos hace treinta y dos años, pero nos conocemos desde hace cuarenta. Hay pocas cosas que no sepa de mí. Ésa la sabe.

Él levanta la mano izquierda, la deja suspendida un momento y luego la baja de golpe sobre la mano mía. Siento como si fuera el movimiento involuntario de un esqueleto que alguien sacude después de siglos de inmovilidad.

—No pasó nunca —tiembla—. No del modo que te imaginas.

Miro mi vaso, porque me da miedo que la cerveza se me acabe. Hay un silencio que el Capitán aprovecha para recoger el hilo que ha soltado, la sibilina punta de la historia. Se recompone y murmura que le complace estar de nuevo en Santa Cruz, y sobre todo en el Pink Fancy. Aquí, a este hotel, vino montones de veces en compañía de mi padre, desde los tiempos en que era sólo un club privado para los señores del azúcar. En este mismo bar bebieron y hablaron de sus asuntos, se hicieron confidencias y quizá se envidiaron mutuamente.

—Echo de menos a Frank. —La voz le sale como en falsete—. Siempre lo eché de menos. Y la comida del hotelito, tenían un buen cocinero allí, aquel Elodio, mira si lo recuerdo. Sin contar a Braulia, que cocinaba todavía mejor.

Pide otro whisky y le pregunto si los médicos le permiten beber. Me contesta que, en su estado, se lo permiten casi todo. Nos callamos y continuamos bebiendo. Sin movernos. Esperando. Por fin pide el tercero y, cuando se lo traen, vuelve a levantar la mano, pero ya no la deja caer sobre la mía, sino que se la lleva al cuello y con dos dedos pellizca la piel casposa bajo su barbilla.

—Puedo explicarte lo que viste.

Siento que un buche de cerveza me anega lentamente el estómago y empieza a subirme hacia el pecho. A los doce años, después de toparme por última vez con la imagen del Capitán, tuve esa misma sensación, pero con otro líquido, tal vez la bilis, tal vez la sangre. Empecé a vomitar esa noche y continué vomitando a la mañana siguiente, y al otro día, y en los días sucesivos. No aguantaba nada en el estómago y los ojos se me fueron hundiendo. Me trasladaron a San Juan, a un hospital donde me pusieron sueros. Me convertí en un niño medio loco, clavé la mirada en la pared y hablaba con unas luces imaginarias. Tardé más de tres meses en recuperarme y, cuando volví a Vieques, todos creyeron que habían puesto a otro niño en mi lugar.

—Aquel día —musita el Capitán—, traté de tirar la avioneta en los cayos de La Esperanza, pero me faltó valor.

Cuando llegué a tu casa, ya sabía que me había faltado el valor. —Hace una pausa, apura torpemente el último sorbo de su vaso. El licor se le escurre por las comisuras—. Me ardía la cabeza... me dolían los pulmones, estaba empapado. ¿No te acuerdas de que llegué chorreando agua?

No, no me acordaba. En mi memoria, todos estos años, lo he visto seco. Seco y rastrero, como un oscuro trozo de madera.

—Quise detenerme para hablar contigo —masculla el Capitán—. Pero tuve que seguir de largo. Necesitaba que alguien me consolara. —Se pasa la mano por la boca, el dorso de su mano. Es un gesto amenazante, y a la vez vencido—. Entonces hice lo que hice. Eso me consoló.

## 1

La Nochebuena del 49 fue la última que pasamos juntos. Y a menudo pienso que el cadáver de aquel hombre fue una señal. Esa noche, entre nosotros, hubo un cadáver: los restos de un desesperado que se quitó la vida en Santa Cruz, pero antes de quitársela había pedido que lo enterraran en Vieques.

Ya para ese entonces yo sabía que los difuntos eran difuntos: gente que no iba a despertar jamás. Pero hubo un tiempo, cuando era un niño de cuatro o cinco años, en que me hicieron creer que los cadáveres que transportaba el Capitán en su avioneta eran viajeros que se habían dormido.

A esa edad, mi padre solía llevarme hasta la pista de Mosquito para recoger las cajas con víveres o con licores, y también cajas con ropa de cama o con toallas que mandaba buscar para su hotel. Si por casualidad el Capitán traía consigo algún difunto —alguien que hubiera muerto en la Isla Grande, como llamábamos a Puerto Rico, o en la de Santa Cruz, y cuya familia tuviera ganas de invertir dinero para enterrarlo en Vieques—, lo sentaba a su lado, como copiloto, y lo cubría con sábanas. Mi padre me apartaba con cualquier excusa y me decía bajito: «Está dormido. El Capitán va a despertarlo ahora».

A mí me hubiera dado igual que me dijeran que se trataba de un cadáver. No tenía una noción muy clara de la muerte y estoy seguro de que no habría intentado averiguar el resto. Salvo una vez, en que ocurrió que uno de aquellos cuerpos, el de una muchacha embarazada que había muerto de tuberculosis, tuvo un percance a su llegada. Cuando el Capitán fue a sacarla de la avioneta para entregársela a los padres (que habían estado esperando a su difunta, al igual que nosotros esperábamos la caja de los víveres), la sabanita floreada que la cubría se empapó de sangre. Todos nos impresionamos mucho, porque también se levantó un olor dulzón y repugnante alrededor del cuerpo. Fue una pena de olor que me llegó a los huesos. Mi padre me tapó los ojos: «No la veas dormir». El Capitán se manchó las manos y luego lo vi secándoselas con un trapo. Los padres de la muchacha, que habían llevado un féretro con ellos, la metieron dentro sin retirar la sábana y se fueron sin decir adiós en la misma carreta de un solo caballo en la que habían llegado.

John Timothy Bunker, que se dedicaba al transporte de carga en su Cessna Periquito, había nacido en Maine, pero desde los quince años su padre lo había llevado a vivir a las Islas Vírgenes. El viejo Lawrence Bunker, que fue ingeniero y piloto de combate, había estado entre el grupo de asesores que recomendó la adquisición de Santa Cruz al presidente Wilson. A J.T. le gustaba contar que, el día de su nacimiento, su papá no había podido estar en Port Clyde, junto a su esposa primeriza, porque estaba en Christiansted, echando a los últimos daneses. Años más tarde, el viejo Bunker se hartó del Caribe y quiso volver a sus raíces: la pesca secreta en Monhegan Island y los atardeceres rojos de Muscongus Bay. Su hijo optó por quedarse en Santa Cruz, ganándose la vida con su avioneta, moviendo carga o pasaje, lo que mejor pagara. En el año 41, un periodista de Nueva York que estaba haciendo un reportaje en Christiansted le pidió que lo llevara a Vieques. Se hospedaron ambos en el Frank's Guesthouse, el hotelito de mi padre. Yo era un niño de dos años por aquel entonces y mi madre, que tendría más o menos veinte, posó conmigo para el periodista junto a los acantilados de Puerto Diablo. La foto apareció en *The New York Times*, y, detrás de mi madre, que me cargaba en su falda, se veía la silueta de un gran buque de guerra. El calce de la foto decía que en ese buque navegaban el presidente Roosevelt y el almirante Leahy.

Desde ese primer viaje, J.T. se convirtió en amigo de papá y empezó a volar a Vieques con frecuencia; primero cada dos o tres meses y, ya en el año 43 o en el 44, cuando consiguió que lo subcontratara un tipo que a su vez tenía contratos con los de la Marina, no pasaba una semana sin que apareciera por la isla, y de paso por el hotelito, aprovechando para llevar algún encargo que le hubiera hecho mi padre, y en ocasiones, también, algún juguete para mí. En general, transportaba viandas y material eléctrico. De vez en cuando, si le sobraba espacio, accedía a llevar un pasajero, o dos. Para ese entonces, mucha gente que había perdido tierras y ganado en las expropiaciones que estaba haciendo el *Navy* (a la Marina, casi siempre, la llamábamos *Navy*) emigraba a Santa Cruz para buscar trabajo. Algunos tenían la mala fortuna de morir, y, de todos aquellos que morían, apenas un puñado podía permitirse el lujo de regresar al camposanto de Isabel Segunda. Ése fue el caso del cadáver al que dimos cobijo la Nochebuena del 49, un alma atormentada que, sin proponérselo, vino a echar más miedo sobre el miedo, y más angustia de la que tal vez podíamos soportar.

Papá estaba afeitándose cuando mi madre me mandó avisarle de que John (ella nunca le dijo J.T., ni Capitán, ni otro nombre que no fuera ése) necesitaba hablarle. Algunas veces, cuando traía un difunto en la avioneta, había ocurrido que, al intentar sacarlo, aquellos músculos y aquellos huesos estaban ya tan rígidos que no podía moverlo. En ese caso recurría a algún muchacho ocioso de la playa; alguien con suficiente fuerza para enderezar los huesos de la muerte, y con hambre o miseria suficientes para no sentir asco, ni tampoco temor.

Aquella tarde, sin embargo, en los alrededores de la pista de Mosquito, J.T. no encontró a nadie que pudiera ayudarlo. La familia del difunto no se había presentado a la hora convenida para recoger el cadáver. El cuerpo ya estaba agarrotado como un nudo de perros –fue la expresión que utilizó mi padre–, y sus brazos y sus piernas estaban tan crispados que era casi imposible extraerlo del avión. El Capitán vino a nuestra casa, llevaba su panamá oscurito entre las manos, le daba vueltas como si buscara en el sombrero una señal, y en voz baja le contó a mi madre lo que sucedía. Lamentaba molestarnos en un día tan señalado, pero necesitaba la ayuda de su amigo Frank. Mi madre se irguió, siempre se erguía de un modo que con el tiempo a mí me pareció contradictorio: sacaba el pecho y miraba hacia el frente, como un palomo que va a imponer su autoridad, algo muy poco natural en una mujer de su carácter reposado. Así, erguida, le respondió al Capitán que un difunto era un difunto y no podía pasar la noche a la intemperie. Yo lo estaba oyendo todo a pocos pasos de mi madre, pensando que aquello parecía una discusión, pero sabiendo que en el fondo no lo era. Ella me pidió que fuera a buscar a mi padre, que, como dije, estaba en el baño afeitándose. Papá salió con restos de espuma en la cara y buscó las llaves de su camioneta, pues el Capitán andaba en su Willys, un jeep de la guerra al que todos llamábamos *Eugene the Jeep*, y en el que nadie se hubiera atrevido a sentar un cadáver. Se fueron a la carrera, y mi madre me pasó un brazo por los hombros, pero no dijo nada.

Un par de horas más tarde, cuando ya estaba oscureciendo, regresaron los dos. Venían bastante cabizbajos y hablaron en susurros con mi madre. Ella se dio vuelta y me miró, yo pretendía leer los cómics del periódico. La oí decir: «Andrés, ven conmigo a la cocina». Me levanté y fui tras ella. Me dio a probar un dulce que estaba haciendo como postre de la Nochebuena: era un tembleque con sus lágrimas. Mi madre llamaba lágrimas a las gotitas de jugo de limón que ella le echaba por encima, y que bajaban lentas, lentas y trémulas, como si algo le doliera al dulce.

Nos sentamos frente a la puerta de la cocina que daba al patio, y ese patio a su vez daba a la puerta de servicio del hotel. Ella me veía comer el dulce, y, en una de esas que alcé la vista, descubrí de pronto una visión amarga: mi madre, que tres o cuatro meses atrás era igualita a la actriz que trabajaba en *Buffalo Bill,* que era por cierto la misma que había trabajado en *The Mark of Zorro,* y que no en balde se llamaba Linda, Linda Darnell, ya no se parecía a nadie, ni a esa actriz, ni a sí misma. Por lo menos ese día, bajo esa luz sin fuerzas que iluminaba tenuemente la cocina, mi madre se veía ojerosa y transformada en algo delicado, pero desconocido. Ella empezó a hablarme y yo no la escuchaba, trataba de escrutar su rostro para averiguar qué era lo que había cambiado.

–¿Me estás oyendo, Andrés? –Se dio cuenta de que no le prestaba atención, pero dije que sí con la cabeza. Ella volvió a la carga–: Atiéndeme aunque sea un minuto.

Sólo entonces la oí hablar de compasión, de dignidad de los difuntos y de lo que era todavía más incomprensible para mí, el vuelo del alma, que era una espiral sin ruido: el auténtico reposo del dormido. En suma, que el cadáver de aquel hombre que se había ahorcado en Santa Cruz, y a cuya familia mi madre creía conocer de vista, porque todos se conocían en Vieques, se quedaba esa noche en nuestra casa, y que mi padre y ella (o al menos ella) lo velarían hasta el amanecer. Agregó que a mi edad, además de números y verbos, tenía que aprender lo que eran los malos tragos de la vida. John (decía John, y era como si hablara de otro hombre, no del Capitán o de J.T., que eran lo mismo) había ido con mi padre hasta Isabel Segunda para buscar a la familia de ese desdichado. Pero no hallaron a nadie, ni un pariente lejano que quisiera hacerse cargo.

A mí se me secó la boca. Quizá me puse un poco pálido. Mi madre seguramente pensó que estaba impresionado por el hecho de que un difunto pasara la noche entre nosotros. Pero yo ni siquiera me había parado a pensar en eso. Mi boca seca era por causa de su boca —lívida, como sin sangre—, y mis ojos de miedo eran por causa de sus ojos, que ya no eran los de Linda Darnell, ni eran lindos siquiera, aunque seguían siendo bastante misteriosos y de una hondura total. Conservó hasta el fin esa sabiduría.

Mientras ella hablaba conmigo, mi padre y el Capitán aprovecharon para sacar al difunto de la camioneta y meterlo en una de las habitaciones. El ama de llaves del hotelito, que se llamaba Braulia y era la mano derecha de mi madre, ayudó a los hombres con los preparativos. Antes de cenar, mamá me permitió subir a verlo. Lo habían estirado ya —al menos a mí no me pareció un nudo de perros— y le habían colocado ambas manos cruzadas sobre el pecho, con algunas flores a su alrededor y un rosario entre los dedos. Braulia, por cuenta propia, había mandado traer cuatro velones y había puesto uno en cada mesita de noche y dos a los pies de la cama. Una sábana lo cubría hasta la cintura. Me acerqué y vi en su cuello la marca de la soga. Luego mi madre me mandó lavarme las manos, le respondí que no lo había tocado, y ella, un poco sorprendida, musitó que no lo hacía por el finado, sino porque íbamos a cenar.

El Capitán fue invitado a compartir aquella cena con nosotros. Que yo recordara, nunca había estado allí la

Nochebuena. Más bien, solía venir el día de Navidad, con un regalo para cada uno: a mi madre le traía un perfume, y en una ocasión le trajo unos discos con canciones en inglés. A mi padre le traía alguna botella de licor, o habanos. Y a mí siempre me daba un avión, por Navidad me regalaba uno de aquellos avioncitos que era preciso pegar pieza por pieza, utilizando engrudo. Ya tenía cinco y me quedé con cinco. En el 49 no me dio ninguno.

Entre mi madre y Braulia sirvieron la cena. Y al momento de sentarnos a la mesa, mamá dijo que echaba de menos a su hermana y a la familia de su hermana, el esposo y los niños, que no habían tenido ánimos para viajar desde San Juan por primera vez en tantas navidades. Lo dijo en voz baja, sin agregar ni una palabra, porque todos sabíamos que la Marina había prohibido el tráfico de lanchas desde el Puerto de Mosquito al de Ensenada Honda, y debido a eso había que navegar el doble para poder cruzar de una isla a la otra. Mis primos se ponían enfermos, era demasiado tiempo echando el buche sobre el mar revuelto de diciembre, y en las viejas lanchas que se usaban por aquella época nadie podía confiar del todo. Nos quedamos callados, y mamá acarició las florecitas bordadas del mantel, que era el más elegante que teníamos y apenas se usaba durante el resto del año. Lo hizo con un gesto de antiguo cansancio, y murmuró que al final nos iban a sacar de Vieques, nos iban a mudar a todos, como animales de un corral al otro, y que nos darían una miseria por la casa y por el hotelito. Mi padre tragó en seco y dijo que lo mejor era cambiar de tema.

—Mejor hablar del muerto —propuse.

Me salió así, esa frase que ahora parecerá muy despiadada o muy adulta, pero que en mitad de la conversación tan desolada fue como un bálsamo. El Capitán se echó a reír y miró a mi madre, que apretó los labios porque continuaba afligida. Papá me sirvió un poco de licor, apenas una gota para que me mojara los labios. Mamá rezó bajito y todos esperamos. Luego extendió su copa y la golpeó suavecito contra la mía. Brindamos y dijimos: «Feliz Navidad», excepto el Capitán, que levantó su copa y dijo: «*Merry Christmas*». De inmediato posó sus ojos en los de mi madre, que susurró: «*Merry Christmas*, John».

Terminamos de cenar y no me puse a jugar enseguida, como hacía otras veces. A esa edad es imposible distinguir entre lo que es preocupación y miedo, y entre lo que es cansancio o la necesidad perruna de ponerse a salvo. A mi madre le bastó echarme una ojeada para decidir que me estaba cayendo de sueño. Se acercó a mí, con las manos húmedas de haber estado lavando los platos, y puso una de esas manos, enormemente fría, sobre mi frente. «Ve a dormir, Andrés.» Alcé los ojos y me fijé en sus labios, y todavía hoy, después de tantos años, estoy convencido de que aquellos labios susurraban «*Merry Christmas, Merry Christmas*». Seguían moviéndose de esa forma, como si repitieran una salmodia visceral, el conjuro interior que marcaba su respiración.

Me levanté, y en lugar de ir a mi cuarto fui derecho al balcón. J.T. y mi padre fumaban en silencio, pero algo habían dicho que se quedó flotando. Algo que de algún modo los estaba aplastando y que de refilón me tocó el pecho, como el coletazo de un pez invisible. Mi padre, al menos, parecía oprimido en su sillón. Y J.T., sentado en la baranda, ensayaba un gesto raro, estiraba el cuello y movía la cabeza de un lado para otro. Me miraron sin verme, y yo volví hacia el comedor. De repente, la presencia del muerto se me hizo realidad y me di cuenta de que no quería subir solo a mi habitación. Mi madre aún estaba secando los cubiertos. Sus labios se habían quedado quietos, ya no me parecía que susurraran «*Merry Christmas*», y quizá por eso, porque había vuelto en sí, se fijó un poco más en mi cara y comprendió que tenía miedo.

—Voy a subir contigo —me dijo, sonriendo sin ganas.

Subimos y esperó a mi lado a que me cepillara los dientes. Más tarde me arropó y me pidió que dijera un padrenuestro, «aunque sea uno solo», por el difunto que estaba en la otra habitación. Le prometí que lo haría y ella empezó a deshacerse de su delantal, como si fuera a salir o a recibir una visita. Me aseguró que no se movería en toda la noche del lado de aquel hombre, porque le estaría rezando, velándolo como tenía que ser. Me dolió que mi madre se desperdiciara al pie de la cama de un desconocido, pero a la vez me tranquilizó la idea de que aquel difunto no se pudiera levantar, ni venir a mi cuarto en busca de calor o compañía. Mi madre en vela junto a aquel cadáver era la mejor garantía de que no se trataba de un cuerpo dormido. Alguien que en cualquier momento podía toser, incorporarse, o echar un vómito de sangre. Era a los dormidos a quienes yo temía. Lo supe antes de cerrar los ojos. Y lo comprobé antes de que amaneciera la Navidad del 49, que fue callada y tórrida. Un incesante día de calor.

## 2

A la mañana siguiente, la familia del difunto se presentó para recoger el cadáver. Me despertaron unas voces, me asomé a la ventana y vi que lo sacaban en parihuelas, cubierto del todo por la misma sábana. Mi padre y J.T. ayudaban en la maniobra. Un par de viejos, que debían de ser los padres del difunto, y un hombre joven, que tal vez era el hermano, se llevaron a nuestro convidado de piedra de la Nochebuena. Lo hicieron en una camioneta abierta y ruidosa, que levantó una gran nube de polvo al alejarse. Mirando el polvo, tuve miedo de que la casa ya no volviera a ser la misma. Como si aquel cadáver se llevara consigo nuestra vida anterior, o la clave para volver a ella: una llave pequeñita dentro de su mano crispada.

Había sido una larga noche para mi madre. Y de otro modo, impenetrable, fue una larga noche para mi papá también. Lo supe en cuanto vi su rostro. El día de Navidad era el único día del año en que papá me despertaba, y casi el único en que lo veía en pijama. El resto del tiempo él desayunaba a las cinco de la mañana, y a la hora en que mi madre me llamaba, a eso de las siete, ya papá había salido rumbo a La Esperanza para comprar pescado, o rumbo al puerto para recoger algún huésped. Aquella mañana entró a mi cuarto con su pijama verde oscuro. Llegó pensando en otra cosa, pero se sorprendió de hallarme al pie de la ventana. Trató de sonreír, en cierto sentido lo logró, y con esa sonrisa tan desangelada y fría se quedó mirándome. El pelo le caía un poco sobre la frente y las mejillas las traía empapadas, lo mismo que el bigote. Desde el mentón le corrían unas gotitas hacia el pecho, y se frotaba lentamente las manos. Es la imagen suya que me ha quedado para siempre: el rostro de papá recién lavado y, a través de ese rostro, la desolada furia que iba asomándose a la superficie. Se dio cuenta de que llevaba un buen rato despierto y lo había visto todo a través de la ventana.

—Ahora va a descansar —me dijo, refiriéndose al difunto, como si el infeliz también hubiera pasado una noche de perros.

Mi madre me esperaba abajo, junto al arbolito rodeado de regalos. Llevaba puesto un vestido de flores que nunca le había visto, según su costumbre de estrenar ropa el día de Navidad. Se me figuró que volvía a ser la Linda Darnell de las películas; lo había vuelto a ser en su carácter y en su ilusión de ser feliz, y esa ilusión, por unas horas, pudo borrar los estragos de su rostro. Me hizo una seña invitándome a que tomara los paquetes: uno de parte de ella, otro de parte de mi padre. El de mi padre era un guante de béisbol, y el de ella era un disfraz del Zorro. Además del sombrero y el antifaz, que los mandó buscar a San Juan, me había cosido una capa y una camisa negra, que metió en una cajita aparte. No pregunté por el regalo de J.T., no lo hice con la boca, sino con la mirada, un entendido muy sutil entre mi madre y yo: el Capitán no había dejado ningún regalo para mí. Desde ese momento y por el resto del día, vestido ya con el disfraz del Zorro, sólo alcanzo a evocar ciertos fragmentos, como los trozos de un sueño en el que veo a mi madre sobresaltada y a mi padre taciturno, toda la mañana un hilo de agonía temblando entre los dos. A la hora del almuerzo quise sentarme a la mesa con el antifaz. Eso sí lo recuerdo, porque mamá me reprendió, si bien usó una voz muy apacible para hacerlo, y mi padre pretendió salir en mi defensa, aunque ahora pienso que sólo se defendía a sí mismo. Gritó –casi gritó, no lo hacía nunca– que un día era un día, y que por una vez, por una Navidad que al fin pasábamos a solas, no había que estarse con melindres. Al escucharlo, mi madre desvió la vista, la fijó en un rincón del suelo, y él se quedó observándola; yo los veía a ambos a través de la sombra que suscitaba el antifaz, un color que era como un presentimiento.

Contrario a mi madre, papá era un hombre de tez oscura y pelo lacio, muy negro, que él insistía en peinarse hacia atrás, todo hacia atrás sin raya, aunque no siempre lo consiguiera. Su padre había sido un comerciante libanés, vendedor ambulante de bisutería, que viajaba a Vieques cada dos o tres meses, y que en uno de esos viajes se había enredado con su mejor clienta, una mujer que le llevaba varios años y que poseía una casa de huéspedes en Isabel Segunda. Papá era el fruto de esa relación. Nació cuando su madre estaba a punto de cumplir cuarenta años y apenas vio dos o tres veces en su vida al libanés, que lo reconoció como hijo suyo y le dio su apellido –ese Yasín que también llevo yo–, y que, al morir, poco después de haber cumplido los cincuenta, le dejó todo el dinero que había logrado ahorrar, suficiente para emprender otro negocio. Apolonia, que era mi abuela, cerró su casa de huéspedes en Isabel Segunda y compró el caserón de Martineau, el mismo que convirtió en un hotelito. Lo bautizó con el nombre de su hijo Frank, quien tenía quince o dieciséis años por aquel entonces. El letrero original lo conservamos durante mucho tiempo; lo derribó un ciclón, pero guardamos los pedazos.

Mamá tenía un origen mucho más discreto. Había nacido en Vieques, pero sus padres y una hermana mayor habían llegado a la isla desde San Juan a fines del año catorce. El padre, que era ingeniero, fue contratado para construir un puente (puente que más adelante se cubrió de una leyenda negra) y, animado por los contratos que siguieron cayéndole, decidió quedarse y levantar la casa de Isabel Segunda donde nació mi madre. De mi abuela materna no conservaba yo el menor recuerdo, porque murió en el año 42. Pero la imagen de mi abuelo, que murió varios años después, aún estaba fresca en mi memoria: un viejo robusto y pálido, que siempre renegó del matrimonio de su hija menor con el hijo ilegítimo de un libanés errante. Mi abuelo murió a consecuencia de una caída, cuando trataba de subir a uno de los balandros de su propiedad. A la vejez, le había dado por adquirir goletas y balandros que utilizaba para transportar mercancías entre las islas. Correspondió a J.T. trasladar el cadáver hasta Christiansted, dado que mi abuelo había pedido ser enterrado allí. Al principio, cuando abrieron su testamento, nadie se explicaba el deseo de que lo enterrasen en Santa Cruz. Luego se supo que allá tenía otra mujer y un hijo, un muchachito algo mayor que yo, negro como su mamá, al que legaba todas las embarcaciones. Mi abuelo dejó una flota para su hijito de color.

Tengo la certeza de que en todo eso pensó mi madre en los días finales de diciembre. Fuimos a llevar comida y ropa para los expropiados, quienes para ese entonces vivían amontonados en los cercados que la Marina había dispuesto para ellos en el barrio Montesanto. Al principio, les habían dado un poco de dinero y cada semana les entregaban latas de conserva y harina de maíz, más algo de carbón para que cocinaran. Con los meses, las entregas empezaron a fallar y a los expropiados se les empezaron a notar los huesos. Mi madre y Braulia, acompañadas a veces por el jardinero, solían llevarles la comida que sobraba, y también ropa de cama, y la mayor parte de las toallas gastadas que mi padre no se atrevía a poner para sus huéspedes. Cuando nos dirigíamos a los cercados, una de aquellas tardes, mi madre comentó que no nos habría venido mal tener al menos una de las goletas que habían sido de mi abuelo.

—Ahora le estaríamos sacando provecho. Tu padre hubiera contratado un patrón para que la llevara por las islas, con mercancía. Eso deja dinero.

Soñaba en voz alta, me di cuenta de que no hablaba exactamente conmigo, y mucho menos con Braulia, que siempre iba unos pasos delante de nosotros, porque acostumbraba caminar muy rápido. Hablaba para sí misma, con una voz grave y llena de resentimiento. De mi abuelo sólo había heredado la casa de Isabel Segunda, ya bastante decaída. Los vecinos, durante algún tiempo, se quejaron de que escuchaban y veían el fantasma del viejo, cojeando junto al almácigo del patio. En vida no había sido cojo, pero ellos atribuían la cojera a su caída del balandro. Por lo tanto, pasó bastante tiempo antes de que alguien se interesara en alquilarla. Fue un sastre de St. Thomas, que puso su negocio en la planta baja, y habilitó un apartamento para vivir con su familia arriba. El hombre se dedicaba a coser pantalones y chaquetas para los *marines* y a menudo les arreglaba la ropa. Pagaba puntualmente el alquiler, que tampoco era tanto, porque nadie pagaba mucho por ninguna casa en Isabel Segunda, un pueblo que se caía a pedazos y que en ocasiones llegaba a oler casi tan mal como Montesanto. Y digo casi porque, en cuestión de pestes, Montesanto superaba todo lo imaginable. Durante los meses de sequía no se podía aguantar el tufo a animal muerto, y, cuando caían los primeros aguaceros, al filo de mayo, se levantaba el vaho de la mierda humana y del orín, ambos revueltos. Braulia, que era muy pulcra, empapaba un pañuelo en agua de colonia y se lo pegaba a las narices. Ni siquiera se lo sacaba para hablar, que hablaba poco, casi nada con las pobres gentes que vivían entre las cercas, bajo los sombrajos, mojándose cuando caía demasiada lluvia, y achicharrándose en los meses de calor.

—Esto es para que se alivien —susurraba mi madre mientras repartía bolsitas con galletas y dulces para los niños, y en ocasiones arenque, que era el pescado seco que le salía más barato. Braulia iba delante, siempre delante, con los paquetes de ropa: camisas que ya me quedaban pequeñas y pantalones muy ajados que donaba mi padre, más la falda y la blusa que regalaba mi mamá y que para ella eran como una promesa; ambas prendas todavía «sanitas» (ésa era la expresión de Braulia), planchadas y dobladas en un paquete aparte. Se las regalaban a una mujer que acabara de dar a luz. Aunque a veces la mujer moría, solían morirse como moscas las recién paridas, y entonces la enterraban con aquella ropa, que era con mucho la mejor que había tenido nunca. Eso no lo sabíamos de inmediato. Braulia se enteraba en alguna parte, y hacia los meses de febrero o marzo, cuando se acercaba la Semana Santa y mi madre empezaba de nuevo a reunir ropa para los expropiados, se paraba en jarras y exclamaba: «¿Se acuerda de la blusa azul que regaló la Navidad pasada?». Mi madre asentía, y yo, que estaba atento a la conversación, trataba en vano de rescatar el aspecto de esa blusa. «Está deshilachándose en el cementerio, doña Estela, allí es donde se está pudriendo.»

Estela era el nombre de mi madre, pero tanto Braulia como el resto de los empleados —el cocinero Elodio Brito, las dos muchachas de la limpieza y el jardinero, que se llamaba Gerónimo—, le agregaban el doña por respeto. Mi padre le decía Estela a secas. Y Stela, sin pronunciar la «E», la llamaba el Capitán, que a su vez era John para mi madre.

Tres o cuatro días después de Navidad fuimos por última vez a Montesanto. Desde allí, en lugar de regresar a casa, mi madre, que manejaba la camioneta de papá, decidió acercarse hasta Isabel Segunda para recoger unos regalos que mi tía nos había mandado desde San Juan. A Braulia, mamá le dio dinero para que comprara unos tazones que se necesitaban en el hotel, más unos platos para sustituir los que los huéspedes habían descascarado con el uso. Mi madre y yo fuimos directo a buscar los regalos. Llegamos a una casa en la que no habíamos estado nunca; ella llamó a la puerta y esperamos unos minutos, incómodos porque nos daba el sol. Nos abrió una mujer bajita que se llamaba Antonia, y esta Antonia, que saludó a mamá muy efusivamente, le insistió para que entrara y se quedara un rato. Ella me miró indecisa. Yo no se lo había pedido, pero me dio permiso para cruzar hasta la plaza y matar el tiempo en los alrededores; o lo que era todavía mejor, podía acercarme hasta la tienda y ver si Braulia necesitaba ayuda. Aunque parezca extraño, decidí buscar a Braulia. No me importaba cargarle los paquetes; lo que me interesaba era la tienda, una especie de quincalla con postales y chicles, sogas finitas para empinar chiringas y anzuelos de todos los tamaños. Tenía veinticinco centavos en el bolsillo. Una fortuna por aquellos años.

Eché a caminar sin demasiada prisa. Si no encontraba a Braulia, mucho mejor. Tenía la excusa para quedarme un rato mirando la vitrina y luego ir a buscarla al único lugar en el que Braulia se podía meter: la casa de su hermana Matilde, que vivía en Isabel Segunda. Corrían los últimos días del año 49, y había *marines* por todas partes, muchos soldados recién llegados de Panamá, algunos acompañados de muchachas de Isabel Segunda, y otros en grupo, apiñados en los cafetines, soltando carcajadas que parecían aullidos.

Braulia estaba en la tienda, pero al verme llegar puso cara de disgusto y se llevó una mano al pecho. Me apresuré a decirle que no me había escapado, que mi madre se había quedado hablando con la tal Antonia, y que me había mandado para que la ayudara con los tazones. Su cara de disgusto no cambió, pero retiró la mano de su pecho y me dio la espalda. Me quedé unos minutos sin saber qué hacer. El enorme cuerpo de Braulia, que no era gorda, sino, como solía decir mi padre, ancha de huesos, cubría parte de la vitrina. El resto de la tienda era un apretujamiento de tablones y latas, de carnadas de colorines y lamparitas de querosén. Cuando el dependiente terminó de envolverle los tazones, que lo hizo uno por uno, en hojas de papel periódico, Braulia pagó y se quedó mirándome.

–Vámonos –dijo.

Bajé la cabeza y me atrincheré en mi rincón, lo hice a sabiendas de que la desafiaba. Desde hacía meses yo había empezado a desafiar a Braulia, una mujer que me había visto nacer y que tenía por hábito darme más órdenes que mi propia madre. Le contesté que iba a comprarme unas canicas, lo dije tan bajito que no pudo entenderme.

–¿Que vas a comprar el qué?

–Canicas –chillé, y el dependiente levantó la vista. Braulia pasó de largo, pero se detuvo en la puerta.

–Muy bien, cuando termines vas a casa de Matilde. Te quiero ver allí dentro de media hora.

Matilde, además de ser su hermana, se encargaba de lavar la ropa del hotel. Una vez por semana, mi padre le llevaba los sacos con las sábanas y las toallas, y entre Matilde y sus dos hijas lavaban toda aquella ropa y la devolvían seca y doblada en los mismos sacos marcados con Frank's Guesthouse. La entrega de la ropa sucia se hacía generalmente los lunes. Mi padre la metía en la parte de atrás de su camioneta y, después de soltarme en el colegio, pasaba por la casa de Matilde y dejaba una lista de las piezas que le estaba entregando: tantas sábanas, tantas fundas, tantas toallas. Matilde, mientras tanto, iba sacando la ropa de los sacos, y por la sala de su casa iba esparciéndose ese olor a cuerpos ajenos. En las vacaciones me gustaba acompañar a mi padre, y, cuando cumplí once años, me encargaba de leer en voz alta la lista que traía junto con la ropa, para que Matilde supiera lo que le estábamos dejando. Ella, en cambio, seguía sacando las piezas y sacudiéndolas, como si no me oyera, y aquel olor se me metía por la nariz, y me gustaba o me asqueaba, dependiendo de los huéspedes que las hubieran usado.

Un mes atrás, sin embargo, todo eso había cambiado. Fue la víspera de Acción de Gracias, el *Thanksgiving* para los *marines*. Acompañé a mi padre porque no había clases, y ocurrió que Matilde, por primera vez, le pidió que le pagara por adelantado. Mi padre protestó, pero enseguida sacó el dinero y se puso a echar cuentas. Me empecé a aburrir y caminé hacia el patio, al lugar donde estaban los tendederos y donde, además de la ropa del hotel, Matilde siempre ponía a secar las camisas y los pantalones de los hombres del *Navy;* la ropa interior, blanquísima a pesar de todo, porque ella y sus hijas tenían las manos destrozadas de tanto restregarla. Detrás de los tendederos había un cobertizo donde guardaban el jabón y la lejía, y unas bolas de tela que contenían los trozos del azul añil. El cobertizo tenía una puerta medio rota, carcomida supongo que por los ratones. Justamente pensé que eran ratones los que estaban raspando la madera, o a eso se me pareció aquel ruido. El sol de las ocho pegaba tan fuerte como si fuera mediodía. Me acerqué y sentí además unos quejidos cortos, de animal pequeño. Miré hacia dentro y descubrí que Santa, una de las hijas de Matilde, estaba agitándose debajo de otro cuerpo, que enseguida me di cuenta de que era el de un *marine* por el tatuaje de águila que llevaba en la espalda. No pude moverme, abrí la boca para respirar y me quedé mirándolos. Santa había pasado sus piernas alrededor de la cintura de aquel hombre y, al cabo de un minuto, entreabrió los párpados, miró hacia la puerta y me vio allí; vio mi cara de idiota y mi boca trémula, pero decidió ignorarme. No sé cuánto duraría todo aquello, el hombre empezó a resoplar y pensé que mi padre tenía que haber acabado de echar cuentas y estaría buscándome. Me alejé del cobertizo, crucé el patio y regresé a la sala, y entonces comprendí que el tiempo se me había hecho eterno sólo a mí, dentro de mi cabeza, pues ni para mi padre ni para Matilde había pasado. Papá aún estaba contando el dinero y Matilde colaba café. Ninguno de los dos había notado mi ausencia, ni tampoco se percató de mi llegada, así que volví a escabullirme, corrí a los lavaderos y me oculté justo a tiempo para ver salir al *marine*, que se detuvo un instante para subirse el zíper de su pantalón y enseguida se escurrió por un atajo que daba a la calle. Tan pronto el hombre desapareció, fui a ver a Santa. Estaba sentada sobre un cajón de madera y se secaba el pecho con una toallita húmeda. Levantó la vista cuando me sintió llegar, pero enseguida volvió a lo suyo: metió la toallita en un cubo con agua, luego la exprimió y se la pasó entre las piernas.

—No se lo digas a nadie —me suplicó, poniéndose de pie.

Era la primera vez que veía a una mujer desnuda. Y lo que más me llamó la atención fue la negrísima línea que iba desde su ombligo hasta su sexo. Di un par de pasos dentro del cobertizo. Santa se estaba limpiando los muslos y alcancé a ver un dólar tirado en el suelo, junto al vestido arrugado. En eso sentí la presión de sus dedos, que se aferraron a mi brazo.

—Te dejo que me toques —propuso—, pero no se lo cuentes a nadie.

Me atrajo hacia su cuerpo, empujó mi cabeza entre sus pechos, que no eran grandes ni pequeños, tan sólo calientes, y me ardieron brevemente en la cara. Yo no hice nada, no abrí la boca ni me moví. Ella tomó mi mano y la colocó entre sus muslos, al principio toqué el pelo áspero, y luego fue la humedad que se me abrió en los dedos. Retiré la mano, me zafé de su abrazo y volví junto a mi padre, que al verme sólo dijo «Vamos» y se despidió de Matilde.

De ahí en adelante, insistía en acompañarlo para dejar o recoger la ropa, y en tres o cuatro ocasiones él accedió a cambiar la rutina: primero íbamos donde Matilde y luego me llevaba al colegio. La primera vez, Santa estaba lavando con su hermana, nos miramos y nada pasó. Pero otro día en que aparecimos muy temprano, la encontré sola en el patio, la saludé y entré al cobertizo, y al poco rato ella también entró. Se quitó el vestido y me puso los pechos en la cara, me besó donde pudo, en la frente y el pelo, me agarró la mano y la empujó otra vez contra su vientre, la bajó un poco más y la aprisionó con fuerza. Yo no la moví, fue ella quien se movió contra mis dedos. Eso duró un par de minutos, y luego me mandó salir porque podían vernos. Se lo conté a mi mejor amigo, un muchacho de mi clase que me llevaba un año o dos, y él me rogó que lo llevara enseguida a ver a Santa, pero estaba difícil, siempre que iba a esa casa lo hacía con mi padre, y no podía llevar a nadie más. Entonces me aconsejó que la próxima vez me desnudara yo también y me trepara sobre su cuerpo, como lo había hecho el *marine*. Le prometí que lo haría, y por las noches me acostaba con esa idea en la cabeza, pero nunca me había atrevido a quitarme la camisa, lo más lejos que había llegado era a morderle suavecito el pecho, y eso porque Santa me lo pedía bajito, manejaba mi mano y me lo pedía llorando. Casi llorando.

De pronto, esa mañana de fines de diciembre, Braulia, sin saberlo, pronunció las palabras mágicas. La tienda y su vitrina dejaron de existir. Por primera vez, entraría solo en la casa de Matilde; podría seguir directamente al patio, como quien va a jugar con sus canicas, sin la sombra de mi padre esperándome en la sala. Sentí un cosquilleo en el estómago, salí de la tienda y estuve un rato caminando a lo loco, evitando la calle donde vivía Matilde, para dar tiempo a que Braulia llegara. Luego no pude más y eché a correr, alcancé a ver a Braulia todavía en la puerta, conversando con Matilde y otras dos mujeres. Todas entraron en la casa sin haberme visto, y entonces se me ocurrió tomar por el atajo del patio, el mismo por donde aquel día había visto escabullirse al *marine*. Los lavaderos estaban solitarios y en el cobertizo no encontré a nadie, pero me tumbé en el suelo y estuve un rato mirando hacia el techo e imaginando que todo lo que me llegaba a la nariz —el olor de la lejía, del jabón, de la ropa adormecida y tibia— no era otra cosa que el olor de Santa. Cuando estaba a punto de salir, sentí voces fuera, me asomé y la vi, hablando con su hermana, remojando ropa. Ambas me miraron; Santa lanzó una exclamación y avanzó hacia el cobertizo, mientras la otra se quedaba riéndose. Llegó junto a mí y me besó en la mejilla, y al punto se quitó el vestido para lo de siempre, pero, en lugar de abrazarla y morderle los pechos, empecé a quitarme yo también la camisa. Ella me miró azorada y preguntó que qué quería. Le contesté que quería lo mismo que el *marine*, subirme encima de ella. Estuvo de acuerdo, pero me prohibió que me bajara el pantalón. Se acostó primero y me llamó desde allí. Hicimos lo mismo que habíamos hecho tantas veces de pie: restregué mi cara contra su pecho y ella dirigió mi mano. Pero esa mañana sentí que todo era diferente: por primera vez, las cosquillas del estómago bajaron a mi vientre y, al llegar a ese punto, subieron de nuevo, reventaron en mi cráneo y me hicieron sollozar, igual que Santa sollozaba. Así que cuando ella se aflojó y me ordenó que me levantara y me fuera, no me quise ir. Lo dijo más fuerte y me empujó.

—Quita, estúpido, va a venir mi tía.

Me levanté aturdido, me puse la camisa y me largué sin ver a Braulia ni esperarla. Fui derecho a la casa de esa mujer, la tal Antonia, donde había dejado a mi madre. La camioneta ya no estaba. El sol me cegaba y llamé a la puerta, lo hice muy fuerte. Recuerdo aquellos golpes como los primeros golpes de hombre que jamás di en mi vida. Nadie abrió, pese a que estuve allí durante un buen rato, tocando sin parar. Entonces me asomé por una de las ventanas, la sala estaba solitaria, sin rastro de mi madre o de la dueña de la casa. Me senté en el borde de la acera y traté de poner orden en mi cabeza. Odiaba tener que volver a casa de Matilde para buscar a Braulia. Odiaba de repente a Santa y a su hermana. Y odiaba sobre todo a mi madre, que desaparecía en el momento en que más necesitaba de ella, porque necesitaba huir.

Estuve más de media hora odiando. Al cabo de ese tiempo me levanté y volví a la tienda. Allí estaba Braulia, acalorada, medio temblorosa, me preguntó que dónde me había metido y agregó que llevaba un buen rato buscándome. Recalcó que esas calles ya no eran un lugar seguro para un niño de once años. Demasiadas broncas y borracheras, pues parecía como si el *Navy* entero se hubiera vaciado en Isabel Segunda. Y además nadie podía asegurarle a ella que, entre toda esa morralla de soldados, no hubiera un pervertido suelto.

—¿Sabes lo que es un pervertido?

Guardé silencio y ella dijo que hablaría con mi padre. Luego se quedó indecisa, sin saber adónde ir o qué hacer conmigo.

—Vamos a buscar a doña Estela.

Le expliqué que ya no estaba en la casa de su amiga, ni tampoco estaba allí la camioneta. Respondió que la hallaríamos, que ella también tenía que estar buscándonos. Braulia hablaba con un acento hostil, muy distinto a su tono resabioso de siempre. Trató de tomarme de la mano, pero yo no estaba en edad ni en disposición de que nadie me llevara como a un niño. A instancias mías paramos a tomar guarapo en un puesto de la calle, ambos teníamos sed y a ella le sudaba el cuello. Mientras bebíamos, me pareció ver a lo lejos, caminando rumbo al puerto, un celaje de hombre con sombrero, que se me figuró que era J.T. No era seguro que fuera él, pero se lo dije a Braulia:

—Ahí va el Capitán.

Ella miró, sacudió la cabeza:

—Ahí no va nadie.

Isabel Segunda estaba hirviendo y algunos *marines* se habían quitado las camisas. Mi madre, sin aparecer, era otro chorro de calor que nos quemaba por la espalda, casi a traición, sobre todo a Braulia, que se veía tan aturdida. Yo también estaba aturdido, pero de otro modo. Tenía canicas en el bolsillo y un olor inadecuado en los dedos. Me los llevaba constantemente a la nariz y ni siquiera era capaz de levantar la vista, no podía hacerlo mientras respiraba aquel olor, que era el olor de Santa. Braulia sí, ella daba vueltas en redondo y oteaba el horizonte en busca de una señal, de un rastro. En ese día tan lleno de huellas, los únicos pasos invisibles parecían ser los de mi madre.

—¡Gracias a Dios! —suspiró, al cabo de un rato—, ahí viene doña Estela.

Subimos en silencio a la camioneta. Mamá no dio ninguna explicación, que yo recuerde. Todo eso lo veo como en un mar de fondo, borroso el paisaje y borroso el camino de regreso. Papá nos recibió un poco alarmado por la tardanza, y nos ayudó a sacar los paquetes. Mientras desenvolvíamos los tazones, a solas él y yo en la cocina, me preguntó si me había divertido. Me encogí de hombros y él me buscó los ojos. Fue una rara mirada de comprensión y búsqueda. Un pequeño abrazo en la soledad.

*Soy un hombre de pocas palabras. Tú, mejor que nadie, debes de saberlo. De joven, rara vez me preocupé por los malentendidos; las cosas pasaban, me pasaban a veces, y nunca se me ocurrió dar una explicación. No era orgullo, Andrés, sino falta de tiempo, o de misericordia conmigo mismo. Al final, descubrí que había fragmentos de mi vida —sobre todo de aquella etapa de la vida mía—, que se quedaron colgando, como pequeños animales que se pudren a la vista de todos. Así se pudrió esta historia. Porque tampoco me tomé el trabajo de escribir. Debí escribirte, muchas veces me propuse hacerlo, y al final no sabía cómo empezar ninguna carta. La mayoría de la gente, cuando envejece, descubre que se ha pasado la vida dando explicaciones, y se arrepiente de eso. A mí me ocurre lo contrario: me rejode haber sido tan parco, o haber dado por sentado que cada pieza, cada una de esas misteriosas piezas de la verdad y de la mentira, iría cayendo por sí sola en el lugar que le correspondía.*

*Has venido hasta aquí para arrancarme una confesión. Piensas que eso te hará vivir mejor, o morir más tranquilo. Y sí, tal vez tengas razón, aunque para morir te falta un rato. No te veo mal, aunque presumas de tu marcapasos. Eres un hombre joven comparado conmigo —habrás cumplido ya sesenta y dos, sesenta y tres lo más, creo que te llevo poco más de veinte—, aún te falta atravesar esa frontera de los setenta, que es angustiosa y ruin. Así que mira a tu alrededor, acepta lo que te estoy mostrando: este hotelito que en tiempos nos unió y que, así como lo ves, con su estúpido color rosado, fue mil veces más importante* en mi vida —en nuestras vidas, supongo— que todo lo que nos tocó más tarde.

Aquí pasamos muchas noches. No sé si puedes recordarlo. Los traía a todos en el Cessna Periquito, como lo solía llamar tu madre (escribí «Little Parrakeet» junto a la cola), y tu padre viajaba al lado mío. Tú y tu madre iban detrás, riéndose cada vez que yo entonaba esa canción, apuesto a que no la recuerdas, pero te la aprendiste de memoria y la cantaste la víspera del año nuevo, el último día del 49... Aterrizábamos en el aeropuerto viejo, que estaba al norte de Frederiksted, y que luego eché tanto de menos. Se trataba de una pista estrecha, bastante corta, pero muy bien trazada, bien orientada, casi nunca había imprevistos. Mi amigo William, que tenía un Chevrolet medio destartalado, a veces nos recogía y nos traía hasta aquí, hasta el Pink Fancy. Tú echabas a correr por esas calles empedradas, porque Christiansted, para esos años, era casi casi la misma aldea danesa que conoció mi padre por el año diez. Estela se iba a la habitación a descansar y yo me quedaba en este patio, quién sabe si en esta misma mesa, tomándome una copa con Frank. Tu padre, al igual que yo, era el tipo de hombre que no hablaba mucho, ni tampoco le gustaba dar explicaciones. Nos contábamos lo imprescindible, tal vez por eso nos hicimos tan buenos amigos. Y seguramente por eso me escogió, confió en mí para transportar las armas. Pero eso lo sabes. Él te lo tuvo que haber dicho. No le importó que yo hubiera nacido en Maine. Al contrario, nadie hubiera sospechado del hijo de un piloto de combate. Yo viajaba todo el tiempo y la gente me conocía de sobra; me veían cargar y descargar, ir y volver. ¿Quién iba a adivinar que en uno de esos vuelos atiborrara el Cessna de pistolas y balas y, más tarde, de los rifles y las carabinas que se utilizaron aquel mes de octubre? Octubre, Andrés, tan sólo piensa en esto: no he tenido en todos estos años un solo mes de octubre que no me haya sabido a mierda.

Las armas llegaban por mar a Santa Cruz, pues las costas de Puerto Rico estaban vigiladas. Las enviaba un tipo desde

Monticello, Florida, nunca supe quién, un traficante como cualquier otro. La misión de tu padre consistía en esperar el cargamento en Santa Cruz, en un punto bastante solitario que aún se conoce como Butler Bay; contar las piezas que llegaban en cada caja, disimularlas entre los paquetes para su hotelito y enviarlas rápidamente a Vieques. Al principio, los amigos de tu padre planearon llevar las armas en una goleta alquilada hasta La Esperanza. Pero Frank les advirtió que eso era peligroso, y que él creía que tenía al hombre que podía transportarlas en su avión. Ese hombre era yo, y, por supuesto, a los nacionalistas les aterrorizó la idea. En tu padre confiaba todo el mundo. Pero en mí, ¿quién podía confiar en un gringo descarriado y medio loco, que vivía a salto de mata, transportando en su avioneta víveres, y a veces cadáveres?

Tu padre empezó a tantearme. Tuvimos extrañas conversaciones aquí mismo, en este bar. Yo no lograba captar qué era lo que quería pedirme, y empecé a desesperarme. Vinimos varias veces a Santa Cruz, solos los dos, y en ocasiones salíamos con mujeres. En aquel tiempo, todos lo hacíamos. Detrás de los hombres que llegaban para buscarse la vida en Christiansted venían las muchachas que también necesitaban ganarse el pan. Nos acostamos con algunas, pero no las traíamos al Pink Fancy, las llevábamos a un hotelito mucho más modesto, el antiguo Hibiscus, que quedaba en los muelles. Una noche que habíamos bebido más que de costumbre, vi por la calle a una mujer que me gustó y le pedí que me acompañara. Le pregunté a tu padre que qué pensaba hacer, si regresaba al hotel o si también se iba a encamar con alguna. Parece que estaba cansado de dar tantos rodeos: «Quiero que me lleves unas armas en tu avioneta». Sacudí la cabeza y le di un par de dólares a la mujer para que se adelantara y fuera alquilando una habitación. Cuando nos quedamos solos, tomé a tu padre por un brazo: le pregunté que cuáles armas, que para qué las necesitaba, que en qué demonios se estaba metiendo. Me pidió que habláramos al día siguiente, lo vi agobiado y no se me ocurrió otra cosa, otra maldita y miserable cosa, sino decirle que, si le gustaba esa mujer que estaba esperándome en el Hibiscus, se la ofrecía para que fuera en mi lugar y se acostara con ella, a mí me daba igual. Lo hice para halagarlo, para aliviar un poco la tensión, pero enseguida caí en la cuenta de que había cometido una torpeza. Junto con el agobio de su cara me pareció ver asomarse el odio.

—No podría —susurró, mordiéndose los labios—. ¿No ves que se parece demasiado a Estela?

Y era verdad. Aquella mujer se parecía intensamente a tu madre, con el mismo pelo ondeado, entre cenizo y castaño claro, y la misma forma de sujetarlo a un lado, con una hebilla, y dejarlo por el otro suelto. Tenía los ojos de un verde dudoso —un verde oscuro que era como una lava—, y el entrecejo, los pómulos, todo tan parecido. Me dieron ganas de vomitar, ganas de golpear a tu padre y de golpearme a mí mismo por imbécil. Di media vuelta y me marché dando tumbos. No recuerdo si fui al encuentro de aquella mujer ni si nos acostamos. Te juro que no recuerdo nada más de lo que sucedió. Probablemente seguí bebiendo y luego fui a buscarla, y ella ya se habría largado, cansada de esperarme. Borré esa noche muchas veces. La borraba por unos días y luego, cuando menos me lo esperaba, resurgía y me causaba desconsuelo. Entonces no podía entender lo que me ocurría. Ahora lo entiendo, a esta edad todo parece clarísimo, tan simple que duele en la memoria. Y tú mismo puedes entenderlo. Tu padre me conoció siempre mucho mejor de lo que yo lo conocía a él. Y tu madre, que era pura intuición, nos conocía perfectamente a ambos. Tal vez nos adivinaba el pensamiento, no sé, llegó a saberlo todo sobre mí. Fuimos un triángulo, ¿para qué te lo voy a negar?, pero no el clásico triángulo amoroso, sino una especie de figura imperfecta, temblorosa, cuyos límites a veces se desvanecían sobre un fondo de secreta penumbra. Eso dependía de la tensión que hubiera entre nosotros.

Por un lado estabas tú —a menos que se volviera loca, y al final lo estuvo, tu madre no habría dado un paso sin contar contigo— y por el otro los nacionalistas, la revuelta que se avecinaba, el sigilo con que tuvieron que moverse, disimular delante de los huéspedes. Tu padre empezó a actuar con una frialdad que no le conocíamos. Y Estela se volvió de piedra, es increíble pero no sintió miedo, ni por ella ni por tu padre. No sé si lo sentiría por ti, por lo que te podía pasar si Frank caía preso, y ella detrás, por encubrirlos a todos. Nunca se habló de muerte, de la posibilidad absoluta de morir. Se hablaba de cárcel, eso sí, pero no de bala. Yo, por mi parte, no estaba muy convencido de lo que estaba haciendo, ni de por qué lo hacía. Pero me lancé porque tu madre me retó, porque la vi decidida, jugándoselo todo. Por otro lado —me estoy muriendo, Andrés, no pienso guardarme una sola palabra—, te confieso que me lancé por celos. No de tu padre, por supuesto que no, hubiera sido ridículo, sino del otro, escucha este nombre, haz lo imposible por recordar su cara: me refiero a Roberto. Acababa de salir de la prisión de Atlanta y aún estaba demacrado por los años de encierro. Era altísimo y bien parecido, pero poco conversador, más bien el tipo de hombre obsesionado y duro frente al cual tu padre y yo pareceríamos dos fantasmas, dos pequeños montoncitos de estiércol. Estoy seguro de que si tu madre los respaldó y corrió los mismos peligros, en gran medida fue por él. Se conocían desde niños, habían crecido juntos en Isabel Segunda, se habían estado escribiendo durante años. Eso no lo supe de inmediato, lo descubrí más tarde, ya al final, cuando ella me entregó unas cartas para que las tirara al mar. ¿Te imaginas, Andrés? ¿Comprendes ahora por qué me volví loco? Y sin embargo, sé lo que piensas: no hay locura que justifique lo que viste, o lo que creíste ver. No, nada lo justifica, porque no sucedió.

Las primeras armas llegaron junto con un cadáver. Apuesto a que fue el primer muerto que viste de cerquita, sabiéndolo además. Porque al principio, tu padre, para que no te asustaras, te hizo creer que los difuntos que transportaba en mi avioneta eran personas que se habían dormido. Ya me decías Capitán, y con eso se completó el apodo: Capitán de los Dormidos. Vaya sueño profundo. Bonita carroña, que me mareaba a veces con su olor, con el tufo que iba cundiendo y se aferraba a mi pelo y a mi ropa. La

*Nochebuena del 49 llevé a Vieques el cadáver de un hombre a quien no conocía de nada, y al que nadie esperaba tampoco. Lo hice por si la policía me interceptaba en Mosquito. Nunca lo habían hecho, pero bastaba que por primera vez llevara esas cajas con las armas para que la mala fortuna hiciera que se encapricharan en registrarme, y, si me registraban, me iba a ser imposible justificar ese trasiego de pistolas.*

*Un cadáver era otra cosa. Mostrarme taciturno y declarar que traía conmigo a un infeliz que había muerto de tuberculosis era una coartada sólida. Pocos se animaban a destapar y sacudir el cadáver de un hombre que se había marchado de este mundo echando los pulmones por la boca, a menos que existiera una sospecha mayor, y nadie sospechaba de mí. Aquella noche llevamos al difunto hasta tu casa, un desconocido que en realidad se había quitado la vida en Christiansted, y cuyo cuerpo nadie reclamó. Era puertorriqueño, sin duda, pero no de Vieques. O al menos tu padre no lo reconoció. Ni tampoco Estela, que conocía a casi todo el mundo en la isla. Pasó la noche en una habitación junto a la tuya. Tu madre le rezó, le prendió velas y le dio las gracias por alumbrar ese camino de peligros que yo acababa de atravesar con éxito. Al día siguiente lo sacamos con la ayuda de dos viejos que simularon ser los padres; dos expropiados que se prestaron a recoger el cadáver y enterrarlo en una tumba sin nombre. Les dimos dinero y les dijimos que se trataba de un pariente. Estaban cansados y hambrientos, de modo que no se asombraron ni nos preguntaron casi nada. Sólo quisieron saber si señalaban con una cruz el lugar del entierro. Tu madre se apresuró a decir que sí.*

*El primero de enero del año 50 llevamos las armas por mar hasta Fajardo. Esperamos el año todos juntos y celebramos hasta la madrugada. Tú cantaste, Andrés. Me parece verte, con aquel gesto que solías hacer, imitándome con el sombrero. Hacia las cinco o las seis de la mañana, cargados con avíos de pesca y unas cuantas botellas de coñac, arrancamos en una lancha que alquiló tu padre. Éramos cinco en total, contando a los nacionalistas: el* barbero de San Juan y el tal Roberto, más el pescador que estuvo a cargo del timón. Nos hicimos los borrachos, cantamos y vomitamos mar afuera.

La tarde del 2 de enero regresamos a Vieques. Tu madre nos abrazó como si no nos hubiera visto en años. A todos, menos a Roberto. A él no se atrevió a tocarlo, pero lo envolvió con tal mirada de gratitud —esa gratitud carnal, fogosa, llena de contraseñas— que sentí ganas de sacudirla. Por la noche, cuando estábamos oyendo la radio, ella le pidió al barbero que te cortara el pelo. Sacó una silla al patio y allí te sentaste, con cara de perro, porque no querías que te tocaran la cabeza. Tu padre y yo prendimos cigarrillos y el barbero preguntó si nosotros también queríamos probar su tijera. Contestamos que no, casi al unísono, y él agregó:

—Pues ustedes se lo pierden. Por estas manos han pasado las grandes cabezas de la Revolución.

Contigo terminó enseguida, te había pelado al raspacoco. Te pasaste la mano por el cráneo, una y otra vez estuviste frotándote, como si meditaras. Luego preguntaste que cuáles eran las «grandes cabezas» que había dicho el barbero. No recuerdo exactamente qué fue lo que te contestó tu padre, pero sé que no te mintió. Empezaba el año peor de tu existencia. Y el de la mía. Estela se acercó con la escoba y barrió el pelo que te habían cortado. Nos quedamos mirando como idiotas hacia un mismo punto en el suelo: los mechones empujados que iban juntándose con la basura. Fue como un sortilegio, mirábamos aquel pelo disperso y se nos iba revelando alguna gran verdad. Tu madre, que seguía barriendo, se mantuvo firme. Pero los hombres, al cabo de un minuto, sentimos un vacío, una súbita necesidad de hablarnos y de sabernos vivos. Y eso fue lo que hicimos: prendimos cigarros, abrimos botellas. Nos apagamos al amanecer.

# 3

Me alegraré cuando te mueras. Así decía la canción. La recordaba en parte: «*You know you did me wrong, you stoled my wife and gone... I'll be glad when you're dead, you rascal you*».

Mi padre, que había crecido oyendo hablar inglés en la casa de huéspedes de mi abuela Apolonia, me ayudó cuando quise aprendérmela, copió la letra y luego me hizo repetirla varias veces para corregirme el tono y la pronunciación. «*I'm gonna kill you just for fun, you rascal you.*» Me esforzaba por imitar la voz de Armstrong, que era el músico favorito de papá, y él me animaba con sus gestos y me acompañaba con la guitarra, que la tocaba desde que era niño.

Si bien la Nochebuena era nuestra, y casi nunca nos uníamos a los huéspedes, la despedida de año era otra cosa. Mi madre y Braulia preparaban la fiesta, y el último día de diciembre, temprano en la mañana, enviaban a cada habitación un búcaro con hibiscus y una piña adornada con una banderita. En esa banderita ponían el año que estaba a punto de empezar, y junto a ella una pequeña tarjeta en la que mamá invitaba a los huéspedes para que vinieran a celebrar en nuestra casa. Las piñas adornadas de 1950 fueron las últimas que se prepararon.

Los huéspedes de diciembre eran distintos de los del verano, y casi siempre coincidían las mismas personas. Ese año estuvo con nosotros un matrimonio de Chicago, ya

53

muy mayor, que tenía el hábito de viajar a Vieques desde que eran jóvenes, primero a la casa de huéspedes de mi abuela, y más tarde al hotelito de mi padre. También estaba un pelotero retirado cuyo nombre no recuerdo, pero sí su apellido, que era Green, todos le llamaban Mister Green, antiguo lanzador de los Orioles, que había crecido en Playa Grande, por ser su padre médico del ingenio, y que, además de traer a su mujer y al hijo de ambos —un muchacho sordo al que le hablaban por señas—, se hacía acompañar por su criada negra, que les tenía miedo a las olas. De las más puntuales en aparecer, cada diciembre, era Gertrudis, huraña y musculosa, dueña de haciendas de café en la Isla Grande, pero vestida siempre con la misma ropa: una falda negra y una blusa blanca. Y, por último, se presentaba un amigo de mi padre, hijo de libanés como él, hombre callado y casi siempre absorto, joyero de profesión. En cuanto a J.T., su habitación era intocable, ocupaba la misma año tras año, que hasta tenía una foto suya en la que se veía de perfil, con un cigarrillo en los labios, recostado en su avioneta, mirando hacia los cayos de La Esperanza. Eso no podía precisarse en la foto, pero él me había contado que había posado mirando hacia ese lugar, porque le traía buenos recuerdos.

Dos huéspedes que no había visto nunca en el hotel llegaron el último día del 49, cuando Braulia estaba montando el merengue para el «pie», y papá estaba picando hielo. Uno de ellos se llamaba Vidal y era barbero. Después de abrazarlo, mi padre me hizo señas para que me acercara:

—Venga a conocer a un hombre.

El otro se llamaba Roberto, y cuando mi madre supo, por una de las camareras, que ya estaba en casa, salió disparada de la cocina. Tenía las manos llenas de harina y se las limpió en el delantal antes de saludar al recién llegado, que era altísimo, quizás un poco más alto que J.T., hasta entonces el hombre más alto que había visto nunca. Braulia también lo saludó, se cortó un poco y le comentó que lo notaba más delgado, y él murmuró una frase de la que sólo pude sacar en limpio la palabra cárcel. Entonces se acordaron de mí, papá me buscó con la mirada:

—Saluda a Roberto —me dijo—. Ya lo conociste en Isabel Segunda.

No me acordaba de él, pero pensé que daba igual, porque el hombre me extendió la mano y se quedó mirándome. Me pareció que sonreía, pero en realidad era un rictus no demasiado alegre.

El Capitán llegó en ese momento, o quizá lo hizo un poco más tarde y yo lo recuerdo en medio de todos, alzando en su mano un racimo de langostas pequeñas y explicando su procedencia: había cargado con ellas desde St. Thomas, aunque habían sido pescadas en Water Island. La viejita de Chicago quiso verlas de cerca, y el Capitán se las plantó delante de los ojos, por lo que la mujer empezó a dar gritos de apetito y temor. Papá se retiró con el barbero y con Roberto, y mamá volvió a la cocina en compañía de Braulia y de J.T. Elodio Brito, el cocinero del hotel, estaba ese día en nuestra casa, ayudando a preparar el menú de fin de año. Tan pronto vio las langostas, puso a hervir el agua en un caldero grande, y mientras esperaban el hervor, se pusieron a hablar del tiempo crispado y extrañamente caluroso que nos había tocado aquel diciembre. Yo me detuve en la puerta de la cocina y estuve esperando el momento en que hundieran las langostas, algo que siempre me había gustado ver. Pero aquella vez, al hundirlas, los animales produjeron un chillido, un zumbido de dolor indescriptible. J.T. le daba órdenes al cocinero y Braulia se había quedado muda, abriendo mucho los ojos, como si a ella también la hubieran sumergido en un líquido ardiente. El chillido no paraba y entré en la cocina: me detuve frente a mi madre, que movió la cabeza con tristeza. El Capitán me miró contrariado, como si le molestara verme allí, y alzó la voz para decir que las langostas no podían chillar, era imposible que lo hicieran; que lo que oíamos era tan sólo el ruido del carapacho cuando se tensaba. Miré a mi madre para averiguar si ella confiaba en eso, si la satisfacía aquella explicación, y descubrí que se había puesto pálida y trataba de buscar un asidero, movía la mano en el aire sin lograr apoyarla en mi hombro ni en ningún otro lugar. J.T. corrió hacia ella, la tomó por los brazos, porque mamá había empezado a balancearse, y finalmente vi que se le doblaban las rodillas y que él la sostenía y le soplaba la cara, lo hacía justamente a la altura de los labios, se los rozaba apenas con su propia boca tan gruesa y tan ávida. El chillido de las langostas se fue apagando y mi madre pareció volver en sí dentro de un mundo que no reconocía. Busqué con la mirada a Braulia, quise saber si ella también había captado aquello, pero me di cuenta de que estaba hipnotizada, mirando alternativamente al Capitán y a mi madre, incapaz de ubicarse o de ubicar el espacio donde nos hallábamos, como fantasmas que flotaban dentro de aquellos humos, que eran los vapores del agua donde continuaban hirviendo las langostas, ya escaldadas, completamente en silencio. Mamá admitió más tarde que el calor le había provocado un vahído. El cocinero y Braulia siguieron cada cual con sus ocupaciones. Nada importante ni tremendo había ocurrido. Y, sin embargo, me sentí excluido y me llené de rabia. Una rabia que fue aplacándose según pasaban las horas y que se esfumó del todo cuando empezó la fiesta.

Toda la alegría del mundo, la que no íbamos a tener en muchos años, descendió esa noche sobre nuestra casa. Hasta Gertrudis, aquella mujer silenciosa, vestida con la eterna falda negra y la eterna blusa blanca, se mostró más comunicativa. Por lo general, sólo se relacionaba con Braulia, quien además le preparaba cada día un menú especial, diferente a la comida que se cocinaba para los demás huéspedes. Pero durante la fiesta conversó un rato con mi madre y aceptó una copa de champán que le ofreció Mister Green, el antiguo lanzador de los Orioles, un hombre con un culo enorme, papá me había dicho que a los peloteros se les desarrollaba mucho esa parte del cuerpo. Los músculos de Gertrudis, en cambio, se debían a su pasión por el mar. Se pasaba casi todo el día en la playa, metida entre esas olas de invierno, poco menos calientes que las del verano, pero espumosas y llenas de aguamalas. Era tan buena nadadora, que en una ocasión había salvado a un pescador cuyo bote se había volcado mar afuera, lo había traído hasta la orilla y, luego de dejarlo a salvo, se había marchado para seguir nadando. En aquel tiempo se ponía un gorro para recogerse el pelo, que lo tenía muy corto, fuerte y revuelto, como el de un muchacho. Desde una de las ventanas del hotelito, Braulia y yo veíamos el punto anaranjado de ese gorro, subiendo y bajando entre las olas, desapareciendo a veces por completo. Se secaba en la playa, con el viento y el sol, porque jamás llevaba una toalla, y regresaba completamente seca, con el cabello erizado y el gorro en la mano. Antes de entrar en su habitación, llamaba a Braulia para que le llevara un refresco. Y se quedaban las dos conversando, con la puerta entreabierta, Braulia en la mecedora —mi padre había puesto mecedoras de mimbre en todas las habitaciones— y Gertrudis sentada frente a ella, en la orillita de la cama.

Aquel año, el amigo medio libanés de mi padre se mostró menos absorto que otras veces. Muy joven había quedado viudo, con un niño pequeño con el que solía pasar aquellos días de diciembre. Pero en esa ocasión, en lugar de traer al niño, trajo consigo a una muchacha que resultó ser parecidísima a Santa, y que aposté a que tenía los mismos pechos, ni grandes ni pequeños, sólo calientes. La presentó como su esposa, aunque Braulia no lo creyó. La escuché cuando le comentaba a mi madre que para ella que esos dos se habían juntado sólo para esperar el año, que por ser el 50 todos querían hacer algo distinto. A mí me avergonzaba un poco cantar y hacer mis payasadas delante de una muchacha como ésa, tan diferente de todas las mujeres que solían venir al hotelito, pero la canción ya estaba ensayada y no quería defraudar a mi padre, mucho menos a mamá, que había prometido cantar un bolero tan pronto yo terminara con mi imitación de Armstrong. *«You asked my wife for cabbage, and you acted like a savage»*, ésa era la parte más difícil, porque en la canción original sonaba como trabalenguas. Ya en plena fiesta, cuando la canté, J.T. me lanzó miradas de viejo zorro. Yo sabía que ésa era su canción emblema, la que solía canturrear en la avioneta cuando volaba con nosotros, y la que canturreaba, todavía con más entusiasmo, cuando transportaba difuntos, porque así solía espantar las voces de los muertos. «La voz es lo último que se extingue cuando alguien muere», nos había dicho una vez el Capitán, y explicaba que eso no tenía que ver con fantasmas ni espíritus burlones, sino que había una base científica: la energía estaba concentrada en el sonido propio, y la voz del muerto, una palabra suya, podía quedarse flotando alrededor del cuerpo. Por eso a los familiares del finado les parecía escucharlo. Y él mismo había podido oír, en el silencio de la noche, mientras volaba de una isla a otra con un difunto a bordo, esa reminiscencia de una voz que se aferraba al mundo.

Cuando terminé mi canción, vi que me estuvo aplaudiendo, sin que se le borrara la mirada de viejo zorro. Luego cantó mi madre un bolero muy suave, con una voz chiquita y medio ronca, que era la única que tenía, pero al menos no desafinaba. A lo último, papá comenzó a poner discos, uno detrás del otro, y casi todos bailaron menos Gertrudis. Las camareras bailaron con el barbero, que no tenía pareja, y Roberto bailó primero con Braulia, que se mantenía muy tiesa y nos hacía reír, y a continuación lo hizo con mi madre, una sola vez, bailaron una canción en inglés que no recuerdo ya, pero hicieron figuras y pasos sublimes, como en las películas. El Capitán bailó muy poco, con una de las camareras la primera vez, y luego un bolero con la viejita de Chicago, no sin antes solicitar el permiso del marido. En una de esas que mi padre puso un mambo, hizo amago de bailarlo solo, pero se arrepintió, se negó a continuar aunque la gente se lo estaba pidiendo. A mi padre, que había bebido un poco más que de costumbre y se le notaba en el mechón de pelo, completamente descolgado sobre su frente, J.T. también le pidió permiso para bailar con mi madre. Papá asintió con una sonrisa y a mí me vino a la mente una de las frases de la canción: «*You mess with my wife, you dog*». Me la repetí cuando vi que pasaba su brazo alrededor de la cintura de mamá, y que ambos se olvidaban del mundo, levísimos y esperanzados. Tal vez fue en ese instante que adiviné sus planes, y adiviné la ternura del Capitán, que no era un hombre para nada tierno.

Yo también bebí. Todos estaban tan embelesados con la llegada del 50, que se olvidaron del muchacho de once que pululaba entre las mesas y apuraba, cada vez que se le ponía a tiro, una copita de vino dulce, o de cualquier otro licor. Alguien me detuvo para preguntarme dónde había aprendido esa canción tan cómica. Era el medio libanés amigo de papá. Me encogí de hombros y seguí de largo. En eso sonaron las doce campanadas, cuando pasaba junto a mi padre, que estaba de pie, conversando con el barbero. Se oyó toda esa algarabía y papá se inclinó para besarme en la frente:

—Feliz año cincuenta, Andrés.

El barbero me dio una palmadita en el hombro.

—¡Que viva la revolución, mi hijito!

Lo dijo en voz baja, y con la misma sacó una boina del bolsillo y me la puso en las manos.

—Ya eres cadete de la República. Póntela tú mismo.

La boina tenía una cruz bordada al frente. Me quedé mirándola y sentí a mis espaldas la voz del Capitán:

—Guárdanos el secreto, Andrés.

Me pregunté si se refería a ese secreto, el de la boina, o si hablaba del otro.

—No se lo digas a nadie, ¿me entiendes?

—No eres mi padre —escupí con los labios casi cerrados para que nadie más me oyera excepto él.

—¿Y eso qué importa? —ripostó—. No soy tu padre, pero en la guerra puedo ser tu jefe.

Tenía lógica en aquel momento. O por lo menos fue la clase de frase que logró desarmarme.

—No hables con nadie de revolución, ¿lo oyes bien?

Bajé la cabeza.

—Con nadie, ¿de acuerdo?

Alcé los ojos. Era un gigante el Capitán. Era un hombrazo vivo, interminable, fiero.

—De acuerdo —contesté.

## 4

En enero empezaron a llegar soldados. Llegaban de Panamá y les llamábamos panameños, aunque la mayoría era de Puerto Rico, como nosotros. Algunos se echaban una novia que los acompañara en sus ratos libres, y que de paso les lavara la ropa. Santa era perfecta para eso y se convirtió en la novia de un soldado. Lo dijo Braulia en casa, muy orgullosa, porque aquel novio pertenecía al 65 de Infantería, que era un regimiento famoso desde la Segunda Guerra.

Los fines de semana apenas podíamos abrirnos paso por las calles de Isabel Segunda, abarrotadas de soldados que no cabían en los bares ni en los cafetines. Hasta el Frank's Guesthouse llegaban los oficiales en sus jeeps con la excusa de sentarse a comer, pero lo que en realidad pretendían era pasar el rato con alguna muchacha. Mi padre trataba de mantenerlos a raya, y por todo el hotel colgó letreros que indicaban que no teníamos habitaciones disponibles. Aun así, siempre había alguno que insistía y mostraba sus dólares para que lo dejaran quedarse. Braulia, vestida como beata, sin ponerse siquiera polvos en la cara, se hacía pasar por la dueña del hotelito y muchas veces lograba espantar a los intrusos, que eran jóvenes y no se atrevían a discutir con una mujer ya vieja y corpulenta. Por otro lado, aquellos hombres tampoco tenían muchas ganas de desperdiciar su dinero; no era cosa de insistir, sino de resolver un escondrijo donde pudieran revolcarse a gusto.

Así se nos fueron aquellas primeras semanas del 50. Mi padre, como siempre, mudo; más que mudo yo diría que enfurruñado, pese a que el hotelito vivía una bonanza que no nos esperábamos. Llegaban viajantes para vender su mercancía, aprovechando que la isla estaba llena de soldados —Braulia se quejaba de que también ellos trataban de meter muchachas de contrabando—, y periodistas que se quedaban una noche o dos, tomaban nota sobre las maniobras y, al final, según mi padre, publicaban muy poca cosa en sus periódicos.

De pronto, una mañana de febrero, mi madre no vino a despertarme. Fue papá, con su pijama verde oscuro, quien lo hizo. Debí de preguntarle por qué razón estaba en casa en lugar de estar comprando pescado en La Esperanza. Pero creo que heredé esa tendencia a las pocas palabras, al mínimo de preguntas. Me levanté y me puse el uniforme del colegio, me serví un vaso de leche y luego subí a la camioneta. Papá ya me esperaba con el motor en marcha. En ningún momento vi a mi madre, que, según él, se había quedado en la cama, lo que me causó una mezcla de pesar con miedo, de rabia con miedo, todo revuelto, y el rostro de papá, que expresaba algún sentimiento indefinible.

Si hubiera sido lunes, nos habríamos detenido en casa de Matilde para dejar o recoger la ropa. Eso me habría ayudado a pensar en otra cosa. En la manera de volver a juntarme con Santa, por ejemplo, y entonces sí, quitarme la camisa y hacer lo propio con el pantalón, desnudarme como se había desnudado aquel *marine*. Luego de nuestro encuentro de diciembre sólo la había visto en un par de ocasiones, y en ninguna de las dos habíamos podido quedarnos a solas. El día de Reyes nos encontramos por casualidad en la plaza de Isabel Segunda. Ella llevaba puesto un vestido de salir que se amarraba con un lazo en la cintura, y que enseguida supe que no podía quitarse con la misma rapidez con que se quitaba los de andar por casa, alzándolos sobre su cabeza. Me sonrió y le devolví la sonrisa. Como cada 6 de enero, ese día fuimos a llevarle unos pollos de regalo a la vieja Tana, la mujer que por más tiempo trabajó con mi abuela Apolonia, primero en su casa de huéspedes y luego en el hotelito, como cocinera y ama de llaves, todo a un tiempo. Años más tarde, cuando mi abuela enfermó, Tana se dedicó a cuidarla, y ya no se movió de su lado hasta que le cerró los ojos. Todo el día se dedicaba a escuchar los interminables delirios de Apolonia, que se empeñaba en abrir otra casa de huéspedes en Isabel Segunda. Aunque el delirio mayor de mi abuela, ya al final de sus días, era pensar que un antiguo novio de su juventud, un revolucionario al que llamaban «Águila Blanca», llegaría a buscarla de un momento a otro para llevarla a su cuartel de la Isla Grande. En lugar de Águila Blanca, el que se presentaba, en su imaginación, era mi abuelo, el libanés vendedor de bisutería.

—Tú no —lo espantaba Apolonia—, ¿qué vienes a buscar aquí?

Se suponía que el libanés había llegado para disputarle al niño. Y como mi abuela, para ese tiempo, apenas podía reconocer a su hijo Frank en ese hombretón de rasgos arábicos, nariz pronunciada y bigotito negro, se encaprichaba en que su hijo era yo, que había cumplido siete años. Mi abuela me llamaba:

—Ven un momento, Frankie.

Yo le respondía que mi nombre era Andrés y me quedaba tieso, esperando que lo comprendiera. La vieja Tana me hacía señas de que cerrara el pico, y luego, si mi abuela insistía en que me le acercara, la otra venía y me tomaba por un brazo, me obligaba a pararme frente a la anciana colérica y a escuchar de sus labios la jerigonza con la que ella creía estar hablando árabe. Cuando hablaba en árabe, significaba que se dirigía a mi abuelo, el libanés que trataba de arrebatarle a su muchacho. Hubo algunos momentos en que elevaba tanto el tono de su jerigonza que al final quedaba exhausta, mirándose las manos que le temblaban de coraje. Mi padre aseguraba que el «árabe» que hablaba mi abuela era tan sólo un enredillo; la imitación fonética de aquellas frases y maldiciones que años atrás le había escuchado decir al libanés. Peleaba abiertamente con el fantasma de mi abuelo, al que imaginaba tirando de mi brazo para llevarme al Líbano, mientras que ella tiraba por el otro, para que me quedara. Los tirones del fantasma, como es natural, no podía sentirlos. Pero sí los tirones que me daba Apolonia, sus uñas clavadas en mi piel, su boca musitando improperios contra el hombre que intentaba quitarle lo más preciado que tenía en el mundo. Por lo general me rescataba Braulia, y le reñía bajito a Tana por permitir que mi abuela me zarandeara de esa manera. Pero tarde o temprano volvía a ocurrir. A menos que Apolonia se pusiera melancólica y, en lugar de acordarse del padre de su hijo, viajara mucho más lejos en el tiempo, hasta la época en que ella tenía diecisiete o dieciocho años, y entonces el único hombre en su vida era el Águila, a cuya tropa quiso unirse en calidad de cocinera o lo que hiciera falta, pero que nunca pudo porque él murió antes de poder llevársela. A esas alturas, ya mi abuela lo mezclaba todo: hijos con nietos, y amores con bisutería. En labios de Águila Blanca ponía los versos que en realidad solía recitarle el libanés, de quien papá había dicho que era feo, pero muy romántico. «La pasión en el corazón», musitaba mi abuela, tocándome el pecho con un dedo descarnado, de uña amarilla, «es como un árbol de siete ramas.» Parecía absorber las palabras del aire, creía que el Águila se las soplaba: «La primera se extiende hacia los ojos» (y me rozaba los párpados), «la segunda se extiende hacia la lengua» (y apuntaba a mis labios, pero yo la esquivaba). Luego se adormecía, bisbiseando el camino de otras ramas, y Tana me pedía que saliera de la habitación sin hacer ruido. Desde la puerta la contemplaba una vez más, con una mezcla de asombro y repugnancia. Asombro por la imagen del árbol, el tronco misterioso que aún vivía dentro de su cuerpo, y repugnancia por sus dedos de muerta, que apuntaban a ese invisible arbolito que iba desperezándose dentro de mí.

Aquella mañana de febrero, camino de la escuela, me pregunté qué clase de tristeza podía estar padeciendo mi madre para que ni siquiera se levantara a despedirme. Y quizá por haberme acordado del día de Reyes, y haber encadenado ese recuerdo con el de la vieja Tana y con el de mi abuela Apolonia, me vino a la mente el último de aquellos versos: «La sexta rama va hacia el mundo; la séptima hacia el más allá». Lo dije con mi voz más quieta, más incapaz de engaño. Papá no me miró de inmediato, mantenía la vista fija en la carretera, por donde de pronto empezaban a pasar muchos vehículos de la Marina en dirección contraria.

—¿Quién te ha enseñado eso? —me dijo al cabo de un rato—. Fue tu mamá, ¿verdad?

Eran grandes camiones que levantaban oleadas de polvo. El tráfico hacia Isabel Segunda había sido desviado y tuvimos que detenernos a un lado del camino para cederle el paso a una especie de convoy. Le pregunté a mi padre cuándo se sentirían los bombardeos. A esa edad, esperaba con ilusión las explosiones. Se estremecían las paredes del colegio, y los varones gritábamos y nos tirábamos bolitas de papel. Las niñas, en cambio, se asustaban, o fingían estar muy asustadas. En febrero del 48, cuando la Marina detonó las primeras bombas que se escucharon jamás en Martineau, Braulia se desvaneció en la cocina. Desde entonces vivía las maniobras con el temor perenne de que uno de los proyectiles equivocara el rumbo y cayera sobre el hotelito, o en la playa donde nos bañábamos. Mi padre, para tranquilizarla, le decía que eso era imposible. Pero el cocinero, que había estado en la Primera Guerra, comentaba que todo era posible cuando había pólvora de por medio y tantos soldados rabiosos por probar su puntería. Mi madre casi nunca tenía miedo, pero por primera vez admitió que no hacía más que pensar en las trampas que habían estado hincando por la playa, en las minas que estaban enterrando y en todos esos artefactos de guerra, desconocidos por nosotros, que desplegaban alrededor de Martineau, hasta llegar al mar.

—Los bombardeos —musitó papá, con la vista perdida en el convoy—. Supongo que empezarán enseguida.

Cuando se terminaban las maniobras, las olas arrastraban un manto de peces muertos hasta la orilla. Al salir del colegio, iba con mis amigos a recogerlos. Los recogíamos para después botarlos, o para hacernos bromas entre nosotros, pues nadie podía comer aquel pescado. En la costa veíamos a los tiburones, que aún coleteaban por instinto, con las aletas destrozadas, y a veces encontrábamos algún tinglar, que era la tortuga más grande, partida por la mitad y con las tripas fuera, moviendo desdeñosamente la cabeza abrumada, próxima al más largo sueño.

—Ahí tienes —dijo papá, señalando hacia un camión que llevaba unos bultos cubiertos de lona—. Apuesto a que son las bombas.

Junto con el manto de los peces muertos llegaba la peste que lo inundaba todo. Se respiraba ese aire pútrido en la costa, y poco a poco alcanzaba las calles y las casas de Isabel Segunda. A Martineau también lo envolvía el hedor, y el hotelito se llenaba de moscas. Entonces Braulia, para espantarlas, colocaba en las ventanas grandes botellas de cristal con agua. Según ella, al reflejarse en las botellas, muy aumentadas de tamaño, las moscas se asustaban y se largaban a otra parte. Mi madre se abanicaba quejándose de que el tufo le quitaba la respiración, y cada dos por tres oíamos bramar a Gerónimo, que entraba en la casa para decirnos que no valía la pena tocar ni una hoja, ni una rama, ni un solo arbolito hasta que terminara el cañoneo, pues todo se cubría de hollín. Mi padre rechazaba a los posibles huéspedes, y murmuraba que prefería mil veces tener el hotel vacío a arriesgarse a escuchar las quejas por los bombazos, o por el mal olor. Aprovechaba entonces para retocar la pintura. Todo lo que el salitre se iba comiendo lo teníamos que reponer una vez al año. Al volver de la escuela, Braulia me ponía en las manos una brocha y una pequeña lata de pintura; con ellas me mandaba a revisar las tumbonas de madera, que ya empezaban a descascararse. Eran atardeceres de calor y vientos de Cuaresma, y a veces, durante algunas horas, surgía un silencio de sepulcro, una quietud viscosa que se pegaba al alma y que aguantábamos con la cabeza puesta en la explosión siguiente, que tal vez no se escuchaba de inmediato. Podían transcurrir horas o días, y, cuando menos nos lo esperábamos, se estremecía el suelo, primero se estremecía y luego escuchábamos el estallido.

Toda la mañana, en el colegio, estuve pensando en mamá, sin pensar nada en concreto: simplemente la veía, escuchaba su voz, palabras sin importancia. A mediodía, cuando regresé a casa, ya ella había salido de la cama, pero tan sólo para volver a acostarse en el sofá de mimbre de la sala. Tenía los ojos cubiertos por un pañuelo húmedo, y no pude saber si en realidad escuchaba la novela de la radio o apenas se dejaba arrullar por el murmullo de las palabras. Braulia también solía escuchar esas novelas, siempre se había sentado con mi madre a hacerlo, pero desde finales de enero había cortado con esa costumbre. De hecho, no salía, no hablaba casi nada —ni siquiera sola, algo tan común en ella—, ni tampoco la oíamos discutir con el cocinero. Yo había crecido oyendo el chachareo de Braulia, y ahora sólo era capaz de percibir aquel silencio que se podía cortar con un cuchillo, así de espeso, tan lleno de electricidad. Era como si en el lugar de Braulia hubieran colocado a otra mujer, una estúpida desconocida que vagaba por el hotelito, y por nuestra casa algunas veces, cada vez menos. De su rostro se apropió una máscara, una angustia inmutable que ni siquiera mi padre había logrado descifrar.

—Estela —le oí decir un día—, ¿de casualidad no sabes qué le pasa a Braulia?

Mamá negaba con la cabeza. Yo bajaba los ojos pensando que tampoco sabía, aunque borrosamente sospechaba que el cambio de Braulia tenía que ver con algo que había visto en una de esas tardes en que jugaba cerca de las habitaciones de los huéspedes. Y si mi padre me hubiera preguntado, tal vez le hubiera dicho que Braulia, que siempre le llevaba un refresco a Gertrudis en cuanto Gertrudis volvía de nadar, había tirado ese refresco contra el suelo. No tropezó, ni se le resbaló de las manos. Nada de eso. Lo lanzó a propósito, con muchísima furia, al pie de la mecedora donde estaba Gertrudis con el traje de baño todavía puesto. Después de eso, Braulia se sentó en la orilla de la cama y comenzó a llorar. La otra se levantó a mirar las sábanas salpicadas y el reguero de cristales rotos. Estaba descalza, pero llevaba el gorrito de nadar en una mano y caminó tranquilamente hacia el balcón, como si necesitara regresar a la playa. Era un mediodía caliente, con brumas desiguales y un polvo finito que lo opacaba todo, y que a saber de dónde nos estaba llegando. Braulia siguió sentada allí, con la cabeza baja, sollozando con mucho sentimiento. Gertrudis regresó del balcón, cogió una toalla y se agachó para empujar con ella los cristales. Luego se paró frente a Braulia, la tomó por los hombros, tan grande y pesada como era —tan ancha de huesos, como decía mi padre— y la obligó a ponerse de pie, quedando una frente a otra, tan cerca, tan agotadas. Eran casi de la misma estatura, y Gertrudis, que no había retirado sus manos de los hombros de Braulia, acercó su cuerpo, dio un paso hacia ella, las narices casi se rozaron, y los pechos igual. Fue el momento en que Braulia abrió los labios y dejó escapar un quejido, un hipo me pareció desde el lugar en que las observaba, viró la cara y salió corriendo de la habitación. Gertrudis la siguió con la vista. Al hacerlo, me descubrió espiándolas, pero no dijo nada, sólo pegó un portazo. Braulia, en cambio, cruzó por mi lado sin notarme, o sin querer hacer ver que me notaba. Voló escaleras abajo y se refugió en la cocina.

—¿Cómo te fue en el colegio? —dijo mamá con su voz débil y ronca, casi invisible. Se apartó el pañuelo de los ojos y se incorporó para mirarme—. Ya estoy mejor, Andrés —agregó, como si respondiera a una pregunta que a mí no se me había ocurrido hacerle—. Dice tu padre que te acordaste de los versos que te recitaba cuando eras chiquito.

—No los recitabas tú —protesté, sintiéndome en alguna forma delatado—, los decía mi abuela Apolonia.

—Y yo —insistió mamá—, porque tu padre me los recitaba a mí cuando tú ibas a nacer. Y a tu padre se los enseñó tu abuelo, quien a su vez los aprendió en su casa, cuando vivía en el Líbano. Un místico los escribió, un santo.

Mamá se puso de pie, bajó el volumen de la radio, la vi ausente y delgada, pero a la vez tan recia.

—Vamos a ir a San Juan pasado mañana. Yo voy al médico, y tu padre te va a llevar a ver al Gran Ayunador. ¿No querías verlo?

El Gran Ayunador era Urbano, el Artista del Hambre, un hombre que se había encerrado en una urna de cristal y que había prometido no comer ni probar gota de agua durante veinticinco días. La radio no paraba de anunciarlo, y en los periódicos se hacían apuestas sobre el tiempo que lograría resistir.

—Quiero quedarme —le dije, una desesperada furia empezaba a corroerme la garganta, el corazón, los huesos—. Van a empezar los bombardeos.

—¿Quedarte? —se espabiló súbitamente, fue la incredulidad—. No hay nada que ver aquí: el pescado podrido y las moscas, ¿cómo vas a preferir eso en lugar de ir a San Juan con nosotros?

La urna estaba expuesta en un teatro, y era custodiada día y noche por testigos que darían fe de que aquel hombre no comería ni bebería en todo ese tiempo. Al principio, cuando le pedí a mi padre que me llevara a verlo, había dicho que todo era un truco, que, cuando nadie lo miraba, por un tubito le pasaban sopa. Y que los verdaderos artistas del hambre eran los expropiados, que no cobraban por dejarse ver, aunque tenían los ojos amarillos y la piel sarnosa, y parecían reses enfermas tras los cercados en que los había metido la Marina. Aun así, yo había insistido en que me llevara a conocer al Gran Ayunador, al que quería preguntarle cómo se podía vivir sin tomar agua.

—También podríamos ir al cine —soltó mamá, sabiendo que ésa era su mejor carnada.

Le clavé los ojos, medio convencido. Sólo me faltaba hacerle una pregunta.

—¿Vendrá el Capitán con nosotros?

—¿John? —se asombró ella, era un asombro falso—. Vas con tu papá y conmigo, ¿necesitas a alguien más? —Hizo una pausa, volvió a sentarse en el sofá de mimbre—. Tu Capitán anda por Nueva York —dijo bajito, y no sé si con algo de ironía—. Y en Nueva York no hay agua, tienen una gran sequía. No se podrá bañar hasta que vuelva.

Sonrió de su propia ocurrencia, en vista de que yo me quedaba pasmado, un poco aturdido con la noticia de que el Capitán estaba tan lejos. Luego acomodó el almohadón en un extremo del sofá y se recostó otra vez, con el gesto de quien quiere retomar el hilo de la novela de la radio, que se terminaba justo en el momento en que habría de revelarse el nombre de un padre, el verdadero padre de no sé quién. El locutor intervino para decir que nadie se perdiera al día siguiente el próximo capítulo. Mamá cerró los ojos, colocó el pañuelo sobre sus párpados, que eran como telita de cebolla. Pensé que así también dormía el Gran Ayunador. Inmóvil y ahorrativo, soñando su banquete, su secreto alimento.

Sucedió en Rienzi, un bar del Village. O no, no exactamente un bar, ni tampoco un café. Era otra cosa, lo que llaman un par-lor, un salón de ese tipo, con sofás y espejos, y la música que siempre se escuchaba allí: cantos religiosos, gregorianos difíciles, de los más antiguos que se conocían. El dueño me parece que había sido cura, o monje, un desertor de los trapenses, alguien que se cansó de guardar silencio. Sólo sé que Rienzi era el lugar de moda por aquella época. Se metían allí los estudiantes a beber sus «tónicos», unos traguitos diminutos, que eran puro sirope. Los adultos bebíamos cerveza, a veces whisky. Pasábamos la noche contándonos chistes, riéndonos por cualquier tontería y fumando, creyéndonos a salvo del horror, sin pensar que se acercaba otra guerra, la de Corea. Aún nos quedaba pasar por eso.

Fui a Nueva York para visitar a mi madre. Después del divorcio, ella se había mudado a Brooklyn, con mi padrastro y mi hermana, que al momento de la separación era una niña de pocos meses. Yo me quedé en Port Clyde, con mi padre, y con una tía paterna que cuidaba de mí cuando papá tenía que viajar a Washington. Vivimos en ésas hasta que nos mudamos los dos a Santa Cruz. Ya nos bastábamos el uno al otro; yo había cumplido quince, y desde los doce había aprendido a volar. A mamá la veía una o dos veces al año, y, cuando me hice adulto, cada vez que me acercaba a Nueva York solía comer con ella, aunque jamás dormía en su casa, sino que me iba al Village, al apartamento de uno de mis amigos. Por las tardes nos reuníamos en Rienzi. Se evitaba el tema de la guerra, a la que yo acudí como *piloto, pero fui devuelto. Tan pronto llegamos a Inglaterra, me agarraron unas fiebres y me llené de pústulas. Los médicos dijeron que había contraído alguna enfermedad en el barco, me aislaron por cuarenta días, y, cuando terminó aquel aislamiento, del que me levanté convertido en un fantasma, me enviaron a casa. Tenía visión doble, producto de la enfermedad, y así no iba a poder volar en mucho tiempo. De mis amigos de Maine murieron algunos, y otros prefirieron mudarse. Ése era el grupo de Rienzi, los emigrados de Maine y los nuevos amigos que ellos a su vez habían hecho en Nueva York, todos sobrevivientes de la guerra.*

*Así que estaba allí, con esa música de fondo, esa extraña música de muertos en vida, porque los monjes, si te fijas bien, no son otra cosa, y de pronto todo me pareció lejano: mi vida en Santa Cruz, mis vuelos por las islas, mis visitas a Vieques, y hasta los amaneceres en el hotelito de tu padre. Y no sólo lejano, sino también inútil. Todo eso era viejo, confuso, un paisaje que iba deslavándose, muriéndose dentro de mi cerebro y en mi corazón. Sólo tu madre me quedaba viva, sólo el recuerdo de Estela había quedado en mi cabeza ya vacía, hueca, huérfana de todo afecto, de cualquier deseo que no fuera el de ella. Fuera estaba oscureciendo, los muchachos reían a mi alrededor (digo muchachos, pero ya pasaban de los treinta, igual que yo), y uno de ellos, un tipo del Bronx, hijo de griegos, miró por la ventana, vio prenderse las luces de la calle y nos pidió silencio. Lo hizo golpeando la copa con su cucharita.*

*—Pero la noche comienza —exclamó de un modo muy teatral, aplacando los murmullos con un gesto de la mano—. Pero la noche comienza ya, y será bueno obedecerla.*

*Hubo un instante más de silencio, y luego una explosión de risas y aplausos. Eso quería decir que nos íbamos en busca de mujeres. Pero para mí, de pronto, aquella frase, que era la frase de un poema, de un libro de quién sabe quién, me reventó en la mente. Fue una impresión tan grande que sufrí un vértigo y disimulé como pude. Pedí otra copa, bajé la cabeza: no se trataba* sólo de que oscureciera y hubiera que obedecer a la oscuridad. Lo que me ahogaba por dentro era la urgencia, la súbita necesidad de hablar con tu madre y pedirle que huyera conmigo aquella misma semana, o a la siguiente, o dentro de un mes, a más tardar un mes. Ya no podíamos esperar. Ya no podía ni quería. Y esa frase, esas palabras tan simples, tuvieron el efecto de un martillazo, me sacudieron por dentro. Vinieron a mi cabeza las típicas ideas que uno suele espantar cuando está sobrio —que cualquier día podía matarme en la avioneta, por ejemplo, o que tu madre se podía morir—, pero que no espanté en esa ocasión precisamente porque había bebido más de la cuenta, y porque la falta de sinceridad de Estela, la manera en que me estaba esquivando desde la Navidad, habían tenido el efecto de un derrumbe. Nunca antes había vivido con una sensación semejante, ni siquiera cuando mi madre me abandonó en Port Clyde, con siete u ocho años, ni siquiera entonces me dolió tanto respirar, ni me sentí caer tan bajo, tan a ras del suelo.

Más tarde salí a caminar por el Village, a respirar el aire fresco, y pensé que ese ataque —tomé mi angustia por una especie de ataque epiléptico— podía ser el aviso de que me hallaba ante un peligro serio. Nunca había hecho caso a los presentimientos, fue lo primero que me enseñó mi padre antes de dejarme posar el culo en la avioneta: me advirtió que las supersticiones tenían que quedarse en tierra. La mayoría de los pilotos actúa de esa forma, tendrías que meterte en la piel de uno de ellos: se aprende a ignorar los sueños, y se aprende a ignorar ciertas corazonadas, porque de lo contrario nunca vuelas. Quise ignorar aquella ráfaga de miedo que me sacudió en Rienzi, pero no pude. Luego tu padre me lo contó aquí, en Christiansted, caminando por estas mismas calles, porque para darme los detalles de su desventura —que era también la mía— no podíamos permanecer sentados, frente a una jarra de cerveza, mirándonos a los ojos. Hay cosas que es preciso hablar mientras se camina entre la gente, tal como lo hacemos tú y yo ahora, sin fijar la mirada en ningún lugar, y pisando duro como si se quisiera aplastar el estupor. Ustedes habían viajado a San Juan ese mismo día, esa tarde en que yo daba tumbos por el Village. Tú y tu padre se metieron en el cine, me parece. Tu madre estuvo en el médico, esa parte sí es cierta: ella fue al médico porque estaba nerviosa, que en aquel tiempo era casi casi lo mismo que estar embarazada. Pero se trató de una falsa alarma, o acaso perdió el embarazo en los trajines del viaje. Algo pasó que la barriga no llegó a crecer, y que tu hermano prohibido no llegó a asomar la cabeza, que habría de ser una cabeza con los rasgos de otro hombre, tal vez una cabeza revolucionaria. Tu padre se percató de todo y probablemente tuvo una larga conversación con Estela; ella le diría algunas cosas, él se las arregló para averiguar las otras. No debió de ser muy halagüeño ese paisaje final, formado a retazos, y ese dolor lo quiso desahogar conmigo. Cuando volví de Nueva York fui a Vieques, como tantas veces, para llevar una mercancía; noté la atmósfera cargada y dormí en el hotelito, aunque decir dormir es mucho. Pasé la noche cabeceando, pensando en una pequeña conversación que habría querido tener con tu mamá. Al día siguiente regresé a Santa Cruz, pero antes me vi obligado a parar en Tortola para recoger un sobre, un misterioso sobre que le tenía que entregar a un tipo cuyo barco estaba anclado en Christiansted. Salí de Vieques con una carga terrible: por un lado, la certeza de que Estela me había cerrado las puertas, y que lo había hecho con asco y con alevosía; por el otro, la presencia de tu padre, que insistió en volar conmigo, pero que estaba rabioso, más inmóvil y callado que un muerto. Él sí que parecía un dormido, un tipo sin retorno, un bruto que ni sueños tiene y que tan sólo ambiciona ese descanso sin imágenes y sin dolor.

Me fue soltando frases entrecortadas. El viaje se me hizo eterno, porque además nos topamos con un mal tiempo cuando sobrevolábamos St. Thomas, eran vientos cruzados y hubo un momento en que me preocupé, interrumpí a tu padre y le avisé de que íbamos a desviarnos, a lo que él preguntó si teníamos suficiente combustible. Fueron minutos de tensión que sin embargo los aprovechamos como una tregua. Cuando aterrizamos en Tortola y apagué los motores, surgió un gran silencio dentro de la cabina. Tu padre dijo:

—Me voy a quedar solo con Andrés. Cuando eso pase, vendo el hotel y me largo a trabajar a Santa Cruz.

Silencio de mi parte. Me dio coraje que le preocupara simplemente que fuera a quedarse solo contigo. Me asombró que se atreviera a admitir que había un mundo, una vida, un niño al que tendría que seguir cuidando, más allá de la ausencia de su madre. Lo que yo había experimentado un mes atrás en Rienzi, ese vértigo, lo volví a sentir allí. Al salir de la avioneta me tambaleé, corrí hacia unos arbustos que crecían al borde de la pista y vomité el alma. Tu padre vino hacia mí, me tendió su pañuelo, lo miré de reojo y me vino otra arcada, esa arcada fue un sollozo mayor y él lo supo. Me cogió por los brazos y me obligó a mirarlo, qué cosa horrible vería en estos ojos, en esta boca por la que aún corrían restos del vómito, que su expresión cambió. Cambió tan rápido que no pude esquivar el primer puñetazo, que cayó justo en mi boca, y, débil y mareado como estaba, me derrumbé en el suelo. De allí me levantó, tomándome por las solapas, y volvió a pegarme. «Son of a bitch!», gritó, y me golpeó por tercera vez, en la mandíbula. Un hombre que estaba viéndolo todo, un vigilante de esa pequeña pista, se acercó con la intención de separarnos. Dijo algo como: «You, guys, what the hell...». Tu padre le hizo señas para que nos dejara quietos. Yo estaba de nuevo en el suelo, me sangraba el labio y me corrían unas gotitas de sangre por la frente; algunas se me metían en los ojos y me nublaban la visión. Frank se acuclilló a mi lado, volvió a tenderme su pañuelo y, como no lo cogí de inmediato, se levantó y lo tiró a mis pies. Echó a andar como si estuviera borracho, pero no había tomado ni una sola gota de licor, me consta que no lo había hecho. Me sequé la cara, me levanté y escupí, y luego me sacudí el polvo de la ropa. Curiosamente, me sentí aliviado; el vértigo había desaparecido y también la náusea. Y la sensación en general era de paz, como si el dolor se hubiera asentado en el lugar donde tenía que estar. Y las dudas, todas mis dudas, hubieran quedado resueltas. Ya tenía el panorama claro. Tu padre me lo había aclarado a golpes. Cuesta confesar, a veces, que hace falta el dolor, la sacudida física, para ver con claridad lo que se necesita ver. No sabes cuánto me dolía la oreja. Y me siguió doliendo mientras volábamos de Tortola a Santa Cruz, yo con mi sobre misterioso, y tu padre con su cara de máscara. Una máscara ordinaria, sin ningún misterio.

Tú, Andrés, vienes a averiguar si fue cierto aquello tan espantoso que viste, o que te imaginaste. Tu padre, en cambio, no tenía que imaginarse nada con respecto a mí; no le hacía falta porque me veía por dentro. Cuando me machacó la cara, fue porque vio lo que había estado planeando en Rienzi. Me machacó, también, porque con alguien tenía que desquitarse. Soy viejo, si ahora me dieran un par de puñetazos como aquéllos, me causarían la muerte. Tú también eres viejo y no tienes a tu madre; no tienes ni siquiera el recuerdo de una mujer que prefirió quedarse a tu lado, que renunció a su gran amor por ti. Tienes la duda. Tus recuerdos son limitados y confusos, porque ella murió joven y ahora está demasiado lejos. Por lo tanto, no debes verla como algo que te pertenece.

Pasamos algunas tardes juntos. Para serte franco, sólo recuerdo cinco, y estoy seguro de que las recuerdo todas. Nos encontrábamos en la casa de una amiga de ella en Isabel Segunda y, desde allí, con mucho sigilo, íbamos a Media Luna, a una casucha que me alquilaban por un par de pesos. Ya no importa; ya nadie podrá acordarse. En aquellas reuniones del Rienzi se nos unía a veces una mujer, la madre de un soldado muerto en Normandía. Se veía siempre un poco sucia y estaba avejentada, pues sólo tenía unos cuarenta y siete o cuarenta y ocho años, y parecía como de setenta. Bebía con nosotros, nunca hablaba de su hijo y, a menudo, cuando ya estaba borracha, nos miraba con sus ojos vidriosos y exclamaba: «Al diablo con todo, dentro de cincuenta años nadie se acordará de esto».

No contaba, la pobre, con que yo iba a recordarla aquí, tan lejos del Village, frente a un hombre lleno de rencor. Ya no te sorprende nada porque estás ciego, obsesionado por el equívoco de aquella tarde. Es lo único que te interesa, quizá lo único que te mantiene vivo. O acaso sea al revés, y todo este tiempo has estado muerto, o como muerto. Me doy cuenta de que no has podido disfrutar de tu vida. Anoche me estuvo faltando el aire y por un momento pensé que ya no me quedaba tiempo para matar ese fantasma, sacar ese clavo podrido de tu cabeza calva, tu vieja cabeza que no es mucho más lúcida que la mía.

Por ahí, por la Church Street, que era una calle que en los años 40 la gente aún conocía como Kirke Gade, había un lugar al que te traíamos a tomar helados. Venías con tu padre y conmigo, o con tu madre y conmigo, y te comprábamos aquellos helados especiales que preparaban con la leche de una vaca roja, sin cuernos, que sólo se criaba en Santa Cruz, en la finca de un tipo al que llamaban Bromley. Lo conocí porque era amigo de mi padre, y fui a ver su ganado muchas veces. Decían que esa vaca producía una leche medio azucarada y que por eso los helados eran tan sabrosos, pero jamás probé ninguno. Cuando vine a vivir a Christiansted, siendo todavía un niño, no los fabricaban. Y más tarde, cuando veníamos contigo, ya se me habían quitado las ganas de tomar helado, me sentía viejo, quizás eso fue lo que me arruinó: a partir de los treinta me convertí en un tipo predecible, un presumido que se las daba de aventurero, pero en el fondo todo lo que quería era sentar el culo. A mí me duele tanto como a ti, sigue doliéndome en alguna parte, pero Estela sólo me quiso en el sentido en que también quiso a tu padre. Y como comprenderás, eso para mí era poco. La dicha, la insoportable dicha se la llevó aquel infeliz, tan distinto a nosotros, un verdadero incapturable (para Estela lo fue) que murió de ochenta y cuatro balazos, ochenta y cuatro metidos entre pecho y espalda. Dicen que el cuerpo se le deshacía como gelatina cuando fueron a levantarlo del suelo.

Y todo eso, esa crueldad, acompañó a tu madre cuando cerró los ojos. Lamento decirte que no la acompañó tu beso, le diste un beso en la mano, no sé si lo recuerdas. Ni la acompañó el llanto de Frank, que a última hora empezó a gimotear junto a la cama. Ni siquiera quiso que la acompañaran mi rabia y mis deseos de vivir, mi tremenda avidez, todo lo puse a su disposición, en sus ojos y en sus manos, porque creía que al aceptarme allí, al aceptar ese hálito de vida entre su mucha muerte, me arrastraría con ella, me llevaría hasta donde ella quisiera, con Dios o con el diablo. Salí del cuarto donde se había muerto, despegué en la avioneta y quise tirarla en La Esperanza. Pero no fui capaz. Ella me lo impidió, no me dejó matarme. Ni siquiera en ésas deseaba que la acompañara. Se marchó con el otro, finalmente lo logró. Tú y yo somos dos seres tan abandonados como tu padre.

Horas más tarde regresé al hotelito. Braulia había salido con Frank para buscar el féretro. Pero antes de salir había lavado el cadáver de Estela, y el cuarto entero olía a pacholí, una mezcla de pacholí con alcanfor, no olvido ese olor. Tu madre era una dormida perfecta, porque los más perfectos son aquellos que parecen muertos. Y ella lo parecía, pero de qué modo. Su pelo estaba intacto, henchido de un furor bestial, como si fueran crines. Suspendido sobre la almohada. Era un pelo que retuvo su voz. En lo oscuro, me pareció que hablaba.

## 5

El más grande Ayunador del mundo abrió los ojos y se encontró con los míos. Ocurrió en el instante en que me incliné sobre la urna, así que lo primero que vio fue mi rostro, mi mirada extasiada que esperaba por un gesto, por un leve movimiento de su cuerpo de muñeco. Tenía una cara huesuda y lampiña, y unas orejas demasiado pequeñas y enroscadas, de un color más oscuro que el resto de su piel. Iba vestido únicamente con unos pantalones blancos, sujetos con una especie de soga a la cintura. El pecho de Urbano, el Artista del Hambre, estaba hundido, como si le hubiesen asestado un puñetazo, un golpe que a su paso hubiera desplazado corazón y huesos, y dejado para siempre el hueco, esa concavidad inquietante, cubierta de una piel finita.

Detrás de mí, la gente esperaba en fila por su turno para echarle un vistazo, así que papá me susurró que avanzara, pero no me moví. Al contrario, endurecí mi cuerpo, me aferré a la barandilla que rodeaba la urna. Entonces Urbano abrió su descolorida boca, se notaba que intentaba hablar, pero no emitía sonido alguno. Papá tiró de mi brazo, y acompañó el tirón con una frase que retumbó en todo el teatro: «¡Muévete, Andrés!». Sólo así consiguió arrastrarme hasta el lugar donde aguardaban los que ya habían visto la cara del Ayunador, pero aún esperaban algo más, querían oírlo hablar. Un hombre de gafitas, vestido con un traje azul, se acercó a la urna acompañado por un guardia. Papá dijo que el hombre era un famoso periodista, y la misión del guardia consistía en apartar a la gente para que el otro pudiera entrevistar a Urbano. Todos sudábamos, porque los ventiladores no lograban mover suficiente aire, o todo el que movían era caliente. Pero el periodista, enfundado en su traje cruzado, sudaba más que nadie, y vi que la cabeza le chorreaba, como si por venganza alguien le hubiera lanzado un balde de agua. Urbano milagrosamente no sudaba, ni tampoco se veía cansado, tan sólo triste y como polvoriento. El periodista se volvió hacia el público y suplicó que hiciéramos silencio, pues el Ayunador quería decir unas palabras. La fila detuvo su marcha y todos aguzamos el oído, pero la voz de Urbano no se oyó. La gente empezó a quejarse, algunos se arremolinaron junto a la barandilla, ignorando las advertencias del guardia, y el periodista, temiendo que derribaran la urna, intervino nuevamente para pedir calma y explicó que el Artista del Hambre hablaba bajito para no desperdiciar sus fuerzas, pero había dicho que se encontraba bien y que agradecía nuestra presencia en el lugar. En ese momento, alguien empezó a aplaudir y todos nos unimos al aplauso, excepto mi padre, que se quedó muy serio, con los brazos cruzados. Otros dos guardias comenzaron a desalojar la sala, a fin de que entrara una nueva tanda de espectadores. Papá se quejó de que habíamos obtenido muy poca cosa por los cincuenta centavos que habíamos pagado: treinta por su boleto de adulto y veinte por el mío, que todavía era un niño.

Salimos del teatro y echamos a caminar por Santurce, una parte de la ciudad por la que nunca antes habíamos caminado; siempre lo hacíamos por el casco antiguo, las pocas veces que íbamos a San Juan, que en aquel tiempo era tan complicado como viajar a otro país.

—¿Te acuerdas de Vidal —dijo papá de pronto—, el barbero que estuvo en el hotelito?

Le respondí que me acordaba. Pensé que aún me dolía la manera en que me había cortado el pelo, sin compasión alguna, prácticamente al rape.

—Pues vamos a su barbería —agregó—. Quiero que me recorte un poco.

Caminábamos rápido, y mi padre de vez en cuando se quitaba el sombrero para secarse el sudor de la frente y la nuca. Cuando se lo quitaba, miraba su cabello negro y frondoso y pensaba en lo que haría el barbero con el mechón rebelde que le caía hacia un lado. Le quise preguntar si yo también tendría que cortarme el pelo, pero temiendo que dijera que sí, cambié de tema y en su lugar le pregunté si en verdad creía que Urbano estaría veinticinco días sin comer ni tomar agua. Papá me respondió que nadie era capaz de sobrevivir tanto tiempo sin alimentos, mucho menos sin agua.

—Quiere ganar dinero para comprarse un buen bistec —me dijo—. Eso es todo lo que quiere el pobre diablo.

Imaginé al Ayunador sentado a la mesa, después del largo ayuno, devorando un filete casi crudo, como los que les ponían a los huéspedes del hotelito, cuando los huéspedes exigían la carne vuelta y vuelta, roja por dentro, hinchadita de sangre.

—A lo mejor hace trampa —sugirió papá—, y a escondidas le pasan un poco de agua con azúcar. Pero apuesto a que lo único que quiere es comerse un buen trozo de carne. Escúchame, Andrés: todos queremos algo que pretendemos no querer.

Debí de estar obsesionado por aquella época, porque me pregunté si lo había dicho por mi madre, por la lasitud con que ella se desenvolvía, cuando en realidad todo lo que añoraba era volar, escapar del agujero que era Martineau y dejarnos otro infecto agujero: el hotelito y su culpa, siempre me sentiría culpable. O si lo había dicho por J.T., que tenía ese aire de no necesitar ni un ápice de los demás, ni de querer a nadie. Quién sabe si sólo se refería a la forma en que, apenas tres o cuatro días atrás, yo mismo me había negado a acompañarlo a la casa de Matilde para dejar los bultos con la ropa sucia. La ilusión de ver y de tocar a Santa se había esfumado, y en su lugar sentía una especie de rabia que me paralizaba. Quería volver a lo de antes, esperarla en el cuartito de la lejía y ver cómo se desnudaba. Olvidarme de que podía quitarme la camisa, caer otra vez sobre su cuerpo, morirme sin moverme. Pero eso no lo olvidaba. No había marcha atrás.

—Ahí está la barbería —dijo por fin papá, y señaló hacia el letrero donde ponían: SALÓN BORICUA.

Al entrar, aspiré el aroma del agua de colonia. El barbero le sonrió a mi padre, pero siguió concentrado en su trabajo: le cortaba el pelo a un niño pequeño, un negrito belicoso que pataleaba sostenido por su madre. Papá se sentó y cogió el periódico, yo me asomé a la calle y me entretuve mirando a la gente, a los vendedores ambulantes y a los niños correteando en las aceras; la vida del Barrio Obrero, que era una vida tan distinta a mi vida de playa y de juegos solitarios; tan diferente del mundo del mar, que es otro inacabable mundo. Al cabo de un rato, el negrito pasó por mi lado y me fijé en su cabeza, casi desnuda y llena de cicatrices. Papá me llamó desde el interior.

—Andrés, ven y saluda a Vidal.

El barbero me tendió la mano.

—¿Todavía no has usado la boina?

Se refería a la boina de cadete de la República que me había regalado en la fiesta de despedida de año. Le dije que sí con la cabeza, aunque no era cierto; mi madre la tenía guardada y me había prohibido que la llevara al colegio. Pensé que me aburriría en la barbería, así que le pregunté a mi padre si podía esperarlo fuera.

—No vayas lejos —contestó—. Va a venir alguien que quiero que conozcas.

Fui lejos, para todos los efectos. Caminé unas cuadras y estuve pensando en el Artista del Hambre, preguntándome en qué forma orinaba o daba de cuerpo, y si alguien se encargaba de vigilarlo, para que no bebiera ni una gota de su propio orín, que era lo que hacían los náufragos. Esa imagen tenía en la cabeza, la del Ayunador que orinaba frente a los periodistas y desperdiciaba, sin poder remediarlo, todo el líquido que le quedaba en las venas, cuando sentí que me tocaban por un hombro. Me di vuelta. Era un hombre gordísimo y trajeado, que llevaba una corbata de rayas, llena de lamparones.

—¿Tú eres el hijo de Vidal?

Negué con la cabeza. La cara del hombre exudaba grasa, y su nariz era un buñuelo fortuito, algo tosco y mal acabado.

—¿Cómo que no lo eres? —insistió con sarcasmo—. Te he visto en la barbería. Ahora mismo has salido de allí.

Volví a negar. El hombre apestaba a sudor.

—Entonces, ¿viniste para que te cortaran el pelo, o viniste acompañando a tu papá?

—Para que me cortaran el pelo —dije, una mentira que emanó del instinto.

—¿Y quién es tu padre, si se puede saber?

Pensé en echarme a correr, pero el hombre parecía totalmente dispuesto a cerrarme el paso. Solté otra mentira, otra historia salida del instinto.

—Mi padre se llama John Timothy Bunker —respondí—, y es piloto de combate.

Se le congeló la sonrisa. Me miró fijo, buscando un resquicio, una pequeña fisura en mi cara, que hasta ese momento supongo que le proyectaba aplomo.

—Con que Bunker, ¿eh? —musitó—. Y tu nombre es...

Apreté los labios. El hombre tenía un bigote escaso, y en las comisuras una especie de gelatina blanca, una saliva antigua y pegajosa.

—¿Cómo te llamas?

—¡Andrés! —grité, y corrí en dirección opuesta a la barbería, ahora sí, alejándome tal vez demasiado. Al cabo de un rato miré hacia atrás y el hombre había desaparecido. Giré y traté de regresar al Salón Boricua lo más rápido que pude, corriendo entre la gente, esquivando los puestos de fruta y las carretas de caballos, para ese tiempo aún se veían carretas. Mucho antes de llegar, distinguí el sombrero blanco de mi padre, que me esperaba en la puerta de la barbería. Me vio acercarme sin adelantarse y sin hacer un gesto, por mi cara supo que algo había pasado.

—Un hombre —solté, ahogado aún por la carrera— me preguntó si yo era el hijo del barbero, no me dejaba ir.

Mi padre miró a ambos lados de la calle y dijo simplemente:

—Pasa.

Tan pronto nos metimos, Vidal se apresuró a echar el cierre metálico de la barbería.

—Terminamos a las seis —dijo bajito—. Son menos cuarto.

No había ningún otro cliente y me ofrecieron un refresco. Papá preguntó, con mucha naturalidad, que qué me había dicho exactamente aquel hombre. Le conté parte de la conversación, omitiendo la mentira salida del instinto: no me atreví a decirle que había dicho que mi padre era J.T., piloto de combate.

—¿Le explicaste que no éramos de San Juan?

Miré a papá y luego al barbero, que esperaba también por mi respuesta. Los miré alternativamente a ambos, maquinando una contestación neutral, que sonara infantil.

—Mejor te tomas el refresco —le oí decir a mi padre—. Luego hablamos.

Fuimos a la trastienda, el barbero descorrió una cortinita y lo primero que salió fue el humo. Dos hombres fumaban allá dentro, y la silueta de un tercero, que no estaba fumando, se aproximó a nosotros.

—Te voy a presentar a don Pedro —dijo mi padre—.
Don Pedro, éste es mi hijo Andrés.

Pedro Albizu Campos era el jefe de los nacionalistas.
Tenía un rostro cetrino y compacto, en el que daba la impresión de que todo había sido llevado hasta el límite: la frente, los pómulos, el bigote y el mentón partido. Exhibía una melenita de león, encrespada y revuelta, y supuse que por eso estaba en la barbería. Llevaba el chaleco abierto y ya se había aflojado el lacito del cuello. Tuve el presentimiento de que, al mirar hacia sus pies, me toparía con unos zapatos enormes, como los de un payaso. Miré con disimulo y descubrí que era todo lo contrario: tenía los pies más bien pequeños, embutidos dentro de unos zapatos gastados, diminutos zapatos de otro tiempo, con los cordones descoloridos.

—Con luna llena sólo se siembra calabaza o apio —dijo don Pedro, volviendo a quién sabe qué conversación—. Para todo lo demás, hay que esperar por la menguante.

Se había parado frente a mí, y sospeché que me miraba fijo. Yo no sabía de lunas ni de siembras. Ni siquiera era capaz de imaginar por qué me estaba hablando de esas cosas.

—Esta noche empieza a menguar. Muchísimo gusto, Andrés.

Fue una mano pequeña y dura, como un ágil cangrejo, la que estrechó la mía, y al levantar la vista para mirar sus ojos, juro que vi los ojos del Gran Ayunador. El humo nos había envuelto a ambos, y por un momento tuve la sensación de estar asomándome a otro mundo, otra distinta urna, un territorio de inmovilidad tan parecido al del Artista del Hambre. Me dedicó una gran sonrisa, y ahora pienso que había cierta feminidad en aquellos labios gruesos, de un tono más suave que el marrón de su cara.

—Ya nos vamos —dijo mi padre, pero antes de irse llevó al barbero aparte y le habló bajito.

Salimos por una puerta trasera, y papá dijo que cogiéramos un taxi. Empezaba a oscurecer y mi madre nos esperaba en la casa de su hermana, que era mi tía Manuela, una mujer reposada y mayor, menos bonita que mamá, y se me figuraba que menos propensa a vivir una doble vida: la de la superficie y la otra, la que temblaba en un lugar secreto y pocos podían imaginarse. Pensé que aún nos quedaba el día siguiente para ir al cine, o para volver al teatro. Era seguro que mi padre no querría ir a ver al Gran Ayunador por segunda vez, pero tal vez podría convencer a mi madre, o a alguno de mis primos para que me acompañara.

—El hombre que te estuvo preguntando —susurró papá, procurando que el taxista no lo oyera—, quiero que sepas que era un policía.

Negué con la cabeza. Papá siguió hablando en susurros.

—Es que no van de uniforme, Andrés, pero lo son. ¿Dijiste tu nombre?

—Dije que me llamaba Andrés —hablé pegando mi boca a su oreja—. Y que mi padre era J.T.

Me había sacado un gran peso de encima, y se me tuvo que haber notado en la expresión de la cara; en la manera en que aflojé los brazos. Papá se quedó muy callado y luego se volvió hacia la ventanilla, estuvo mirando sin parar las calles hasta que llegamos. Antes de entrar en la casa de mi tía le echó una ojeada al taxi, que se alejaba rápidamente entre las callecitas.

—Hiciste bien. ¿Dijiste Bunker?

—Dije Bunker. Dije que mi padre era piloto.

Mamá estaba en la cama, y mi tía me ordenó que me lavara las manos y que fuera a verla. Papá se había quitado el sombrero y su pelo estaba intacto, no le faltaba ni siquiera su mechón rebelde, que se le vino una vez más sobre el rostro. Se apartaron los dos, mi tía lo tomó del brazo, pero no le dijo una palabra. Me di cuenta de que estaba esperando a que yo desapareciera para poder hablarle.

Llegué a la habitación donde mi madre descansaba con los ojos cerrados; me acerqué y vi que llevaba puesto un camisón sin mangas. Primero me fijé en sus brazos, más delgados de lo que me esperaba, y en la forma caprichosa, casi vegetal, con que se aferraban a su propio cuerpo. Luego elevé la vista y descubrí que por el camisón entreabierto se le salía un pezón. Ella me sintió respirar y abrió los ojos; se cubrió rápidamente y preguntó que qué me había parecido el Ayunador.

—Estaba acostado —le contesté—. Habló bajito y no pude oírlo.

Mamá sonrió y me cogió la mano. Sentí temor de lo que pudiera decir.

—Tendrá mucha hambre —suspiró—. Mañana se le oirá un poquito menos. Y pasado menos, y así hasta que se quede mudo.

Acercó mis dedos a su boca como si ella también necesitara alimentarse. Los mantuvo allí, y el airecillo de su respiración me pareció algo líquido, algo profundo y lento que la abandonaba.

—Esta ciudad es como un domingo triste —sentenció el Capitán, y miró a su alrededor como si no reconociera nada ni comprendiera nada—. ¿Te acuerdas de cómo era esto cuando veníamos con tu padre?

Hizo una mueca y cerró los ojos. La claridad le molestaba; a los pelirrojos siempre les ha molestado la luz excesiva. Pero además me dio la impresión de que intentaba rescatar una imagen. O tal vez, secretamente, confiaba en que, al abrirlos, el paisaje de aquellos años se hubiera impuesto sobre este otro paisaje: Christiansted amodorrada, sus calles solitarias y sus tiendas semidesiertas, y algunas de sus casas, de las magníficas casas de entonces, convertidas en ruinas.

—Parece que nunca se recuperaron de aquel huracán —suspiró, con la cabeza baja—. ¿Cuál fue el nombre de ese huracán tan malo?

Permanecí en silencio porque de pronto me agobió el absurdo de la situación: John Timothy Bunker, moribundo rufián, caminaba a mi lado por King Street, como si fuésemos amigos; o como si fuésemos un padre con su hijo, el padre anciano y frágil con el hijo, menos anciano y menos frágil, pero igualmente vencido y abocado al vacío.

—A finales de febrero comenzaron las maniobras —dijo de pronto—. Recuerdo que yo acababa de volver de Nueva York por esos días, y prometí llevarte a ver a los paracaidistas, mil paracaidistas que se lanzarían al mismo tiempo. Te cumplí la promesa. Tú estabas lleno de ilusión.

De ilusión y de espanto, porque sabía que algo dentro de nuestra casa estaba desmoronándose sin que nadie lo pudiera impedir. Cuando volvimos a Vieques, luego de nuestro viaje a San Juan, mamá se esforzó por reanudar su vida de siempre. Se sentaba a coser más a menudo; me acompañaba a veces a la playa y se metía constantemente en la cocina del hotelito para ayudar con la comida o para dar ideas, recetas que leía en los periódicos, y que recortaba y pegaba en un cuaderno. La cocina siempre le gustó a mi madre, pero por esos días se refugió en ella como si buscara algo más, una señal en la carne abierta de los animales, esa carne absurdamente quieta y a menudo sangrante.

Papá también se volcó en su rutina: buscar pescado al amanecer, supervisar con Braulia el trabajo de las camareras, llevar el libro de entrada y salida de los huéspedes, y ocuparse de tantas cosas que hacía falta reparar en un lugar como aquél, donde el salitre iba lamiendo las paredes y las cerraduras y, si nos descuidábamos, terminaba por triturar casi cualquier cosa que quedara a la intemperie.

—Estuvo allí la Tercera División —evocó el Capitán—, y la Marina, con todo lo que tenían. Por primera vez pudiste ver aviones de propulsión a chorro. Más los tanques y los barcos y los ochenta mil soldados que desembarcaron. Ochenta mil nada menos, Andrés: todos locos por batirse a tiros.

Nos detuvimos en un bar. El Capitán andaba corto de respiración y había palidecido. Me pregunté qué hubiera hecho si se me desplomaba en plena calle. Les ocurre a las personas con cáncer terminal, que a veces les falla el corazón, un acto de misericordia de su propio organismo. Por un instante, me imaginé pidiendo ayuda a los transeúntes, a un par de taxistas que mataban el tedio recostados contra la fachada de una antigua bodega. Hubiera tenido que llevarlo al hotel y allí buscar sus teléfonos de Maine. Caí en la cuenta de que no sabía con quién vivía este viejo, si se había casado y había tenido hijos, nietos. Si por casualidad tenía una esposa, una anciana que no había logrado impedirle el viaje, y a la que ahora consumía la angustia, mientras lo aguardaba en su casa de Port Clyde.

—Simularon una gran batalla entre los regimientos que venían de Norfolk, y que supuestamente iban a defender la isla, y los hombres del 65 de Infantería, que fingieron ser enemigos que la ocupaban. El hotelito de tu padre quedó atrapado en la frontera de ese infierno. No pudo aceptar huéspedes en tres semanas.

Pero yo recordaba que sí, que, en medio de aquellas maniobras, a pesar de los bombazos que retumbaban día y noche, y de los aviones que parecían desintegrarse sobre nuestras cabezas, una sola persona insistió en venir al Frank's Guesthouse, le suplicó a mi padre que la aceptara como huésped, y aseguró que no le importaban ni los ruidos, ni las incomodidades. Era Gertrudis, aquella mujer en cuya habitación yo había visto a Braulia comportarse de una manera tan extraña, para después quedarse dolorida, transformada en todo lo que no había sido. Gertrudis, que se había marchado a principios de enero, reaparecía, por primera vez, en una época que no era Navidad. Y por primera vez, desde su hacienda, nos traía un regalo para nuestra casa. Era un detalle que la dulcificaba: se trataba de unos polluelos de faisán que Braulia me ayudó a cuidar.

—A mí sólo me interesaba ver el *Missouri* —rumió el Capitán, como un niño que desempolva un antiguo capricho—. Sólo me importaba ese acorazado, que era famoso por aquellos tiempos. Los paracaidistas no me llamaban la atención, pero tú andabas como loco queriendo ir a verlos, y tu madre me suplicó que buscara la manera de llevarte. Ella sabía que estaban repartiendo unos pases para entrar a la explanada desde donde se verían caer. Tu madre se imaginó que yo, siendo aviador y gringo, podría conseguirlos. Todo lo que quería era complacerte. Antes de abandonarte, no pensaba más que en alegrarte la vida.

Bajé la cabeza. En momentos como aquéllos me sentía capaz de apretarle el cuello al Capitán; de verlo suplicar con la mirada, con sus ojitos trémulos y empegotados, y aun así seguir apretándolo más y más fuerte, con infinito odio, hasta hacerle vomitar el nombre de mi madre.

—Hubo un día D, que era el día de los paracaidistas. Fue muy difícil conseguir esos pases, pero aún tenía algunos amigos en el Ejército, y en la Aviación me quedaba algún conocido. Nunca les había pedido un favor, sólo les pedí ése. Braulia me despertó al amanecer, ya tú estabas despierto y nos fuimos los dos en *Eugene the Jeep,* así le decíamos a mi Willys. Por el camino me preguntaste algo sobre los C-82, que eran unos aeroplanos que habíamos visto poco antes, sobrevolando el aeropuerto. Y de repente me lo soltaste sin ningún preámbulo; lo dijiste en el momento en que bajábamos del jeep, como si esperaras verme caer; como si disfrutaras con eso: «Estela ya no te quiere». Fue tan inesperado, que sólo atiné a contestarte: «Ya lo sé. Ni tú, ni tu padre, ni la maldita Braulia. Nadie me soporta en Martineau». Eché a caminar, pero no sentí tus pasos detrás de los míos, así que me di vuelta para ver dónde te habías quedado. Entonces me topé con tu expresión grimosa, adulta, erizada por el desafío: «Es que Estela te odia mucho más que Braulia». Me llevé las manos a la cintura y caminé hacia ti. Me cercioré de mirarte desde arriba: «*Fuck you*», te dije, te revolví el pelo y casi tuve que empujarte para que caminaras. Al llegar, las sillas estaban todas ocupadas y nos sentamos en la hierba. Tú no dijiste una palabra más, esperaste en silencio, como yo y como el resto de la gente, tomando sorbitos de limonada de un termo que tu madre había insistido para que lleváramos.

Limonada, por supuesto. Le quedaba la memoria intacta al Capitán. Al menos esa parte de la memoria que se remontaba al año en que nos congelamos: aún estábamos allí, fríos y derrotados. En lo que a mí respecta, tampoco había olvidado aquella imagen: los aviones que se acercaban desde el norte, y los mil hombres que saltaban al vacío. El Capitán y yo nos mantuvimos detrás de una valla, pero él llevaba unos binoculares, y en algún momento se sobresaltó y me dijo que le parecía que uno de los paracaidistas había sido empujado por el viento y probablemente se dirigía hacia el mar. Le pregunté si lo rescatarían, y me contestó que estaba muy difícil, porque el peso de su equipo lo arrastraría rápidamente al fondo. Entonces me miró, me puso la mano sobre el hombro, como si la hipotética muerte del paracaidista nos golpeara a los dos, con el mismo estupor asfixiante y en el mismo desgarrado punto. Fue un microscópico instante de complicidad, pero ese instante bastó: intuí una fuerza oculta en él, una capacidad de comprensión que justificaba todo lo que sintiera mi madre. Justificaba, en suma, que lo prefiriera, antes que a mi papá o a mí.

—Nadie se imaginaba que venía otra guerra —murmuró el Capitán mirando hacia el frente, hacia las botellas que se apiñaban en la barra, y reconstruyendo en ellas un paisaje recóndito, amasado en el polvo—. ¿Quién nos iba a decir que a la vuelta de la esquina estaba Corea? Nos tomó por sorpresa. A mis amigos de Maine, que fueron desapareciendo poco a poco de Nueva York, y a los amigos que ellos habían hecho allí. Supongo que el Rienzi se quedó vacío. Yo no pude volver.

Pedí un ron haitiano que nunca había bebido; en la botella llevaba una etiqueta roja con una calavera gris. Sentí que necesitaba algo fuerte, y pensé que ese licor de ultratumba lo sería.

—¿Ahora bebes eso? —preguntó irónicamente el Capitán.

—No sabes lo que he bebido nunca —devolví la ironía.

—Discúlpame —se sonrió—. ¿Sabes que por un momento te he confundido con tu padre? Te he hablado como si fueras Frank. Eso pasa con el cáncer, hay un momento en que nos sentimos acabados y empezamos a hablar con los difuntos, con los que más quisimos.

Negué con incredulidad. Bebí todo mi ron de un trago y pedí otro. El Capitán pidió lo mismo.

—Después de ver a los paracaidistas comimos *hot dogs* con los demás invitados. Pasamos un buen rato y me alegré de que fuera así, porque al día siguiente todo lo bueno se te convirtió en tristeza. —Hizo una pausa, temí que empezara a decir lo que dijo—: Si te sirve de algo, siempre supe quiénes fueron los dos tipos que despedazaron a esa muchacha.

Lo miré sin contestar y le busqué los ojos, dos rendijas acuosas que supuraban entre el montón de arrugas. ¿Qué clase de rata se entretiene con un horror semejante, tan sólo para postergar la confesión de otro horror?

—Desapareció el mismo día que fuimos a ver a los paracaidistas. Y la hallaron al día siguiente, junto al faro de Punta Mulas. ¿Recuerdas cómo se llamaba?

Santa, pensé, pero no me dio la gana de decírselo. No quería que pronunciara también ese nombre. Hubiera sido demasiado duro, o demasiado sórdido.

—Alguien me señaló a los tipos que lo hicieron, fue en un bar del barrio Destino. Me dijeron: «¿Ves a esos dos?... Fueron ellos». Estaban acodados en la barra, ya bastante borrachos, bebiendo todo lo que les ponían al frente. Todavía tenían arañazos en la cara.

Seguí mirando fijamente al Capitán. Tuve ganas de pedirle que cambiáramos de tema; que volviera a hablarme de los acorazados, de los paracaidistas, del combate decisivo, que se peleó aquel mismo día y aún por la noche no se pudo dormir en Martineau por la humareda. Pero no me atreví, en el fondo quería escuchar el resto, recuperar a Santa en una pieza: la parte viva que le conocí, pero también su muerte. Necesitaba conocer las circunstancias en que la habían matado, esas circunstancias de las que mi padre nunca había querido hablarme.

—Le arrancaron los pezones con los dientes. Le desprendieron el cuero cabelludo; eso lo hicieron mientras la arrastraban. Todavía estaba con vida.

Me gustaría recordar su pelo. Era castaño oscuro, pero no logro recordar cuán largo, ni cuán espeso al tacto. El día antes de su desaparición fui con mi padre a recoger la ropa limpia del hotel, y fue mi padre quien me animó para que diera una vueltecita por el patio mientras él se tomaba un café. Ahora comprendo que lo sabía todo; sabía que aprovechaba nuestras visitas para meterme al cobertizo con la hija de la lavandera; íntimamente lo celebraba, son las cosas que celebran los padres en sus hijos varones. Pero ese día, Santa y yo tan sólo nos besamos. Ella parecía contenta y tenía los labios pintados de un anaranjado intenso. Traté de tocarla, de meter la mano por debajo de su falda, como había hecho otras veces, pero ella no se dejó. Hay certezas que no se pueden asumir a la edad que yo tenía en ese entonces, y en su lugar se erige una pequeña furia, o una pequeña, irrebatible intuición. Intuí que se estaba guardando para otro; uno que no era como los *marines*, ni mucho menos como yo, que al fin y al cabo no era más que un niño. Después de los besos, como se me quedó la cara manchada de pintura de labios —los cachetes y la barbilla sobre todo—, Santa dijo que no podía irme así, que esperara para limpiarme un poco. Humedeció con saliva la punta de la misma toallita con la que siempre se secaba después de estar con los *marines* y, mientras me limpiaba, dijo que la noche anterior había tenido un sueño con las aguas de enjuagar la ropa, que normalmente eran azules, por el efecto del añil, pero en su sueño eran oscuras y le llegaban hasta el cuello. Yo entonces saqué de mi camisa el regalo que le había traído desde San Juan, que era una foto autografiada de Urbano, el Artista del Hambre, y ella estuvo mirando aquella foto, preguntándose cómo alguien podía vivir sin comer ni beber durante tantos días.

—No fueron los *marines* —reveló el Capitán, se había vuelto lentamente hacia mí, y entonces percibí el olor de su garganta, olor de aguas podridas—. Fueron un subteniente gordo y otro tipo, un cabo que casi siempre andaba con él. Nadie se atrevió a ponerles un dedo encima. La policía le echó la culpa a un expropiado, un medio loco que también vivía en los alrededores de Punta Mulas. Luego el loco se ahorcó y se acabó el problema. Se acabó también esa muchacha. ¿De verdad que no te acuerdas cómo se llamaba?

—Santa —susurré, más para mí que para el Capitán.

—Ah, Santa —exclamó él—. Dos días más tarde hablé con Estela.

Levanté la cabeza, fue la reacción instintiva de un ciervo que olfatea en el aire la cercanía de un cazador. Sentí la lengua pastosa, como si Santa me hubiera dado allí mismo un beso de despedida, y el sabor de su pintura de labios —ya reseco y amargo, ya podrido sobre su boca podrida— me hubiera bajado por la garganta.

—Eso —increpé al Capitán—, vamos a lo que nos trajo aquí. No lo que hablaste con mi madre, sino lo que le hiciste luego.

Lo escuché pedir su segundo vaso de ron. Cerró los ojos para ver mejor. Marzo de 1950. Hay ruido de aviones que pasan sobre el hotelito; un estruendo de bombas que caen hacia el norte, pero que muy al norte, en el lugar donde alguna vez estuvo el cayo Hodgkins y ahora es tan sólo un espantoso cráter. Hay olor a quemado en todas las habitaciones. Mamá está en la cocina, probablemente sola. Son las cuatro o las cinco de la tarde, y el cocinero se ha cogido unos días de descanso, papá se los ha dado, puesto que el hotelito está vacío. O casi vacío. Tenemos a Gertrudis en una de las habitaciones que dan a la playa, pero a ella le cocina Braulia. Y a nosotros, a mi padre y a mí, nos cocina mi madre. Las camareras sólo trabajan medio día. Se encargan de limpiar la única habitación que está ocupada, la de Gertrudis, y luego vienen a nuestra casa para limpiar también, siempre lo han hecho, pero con más razón en esos días que mamá está desganada. Yo estoy en el patio, con mi disfraz del Zorro –la capa, el antifaz y la camisa negra–, pero también llevo puesta la boina que me regaló el barbero, esa boina de los cadetes de la República que mi madre me ha permitido usar sólo por hoy, sólo por esta tarde, ya que no están los empleados, y ni Gertrudis ni Braulia le contarán a nadie que me han visto con ella. Además, ninguna de las dos aparecerá por nuestra casa hasta las siete o las ocho de la noche, después de que hayamos comido. Sólo a esas horas, ellas se atreven a dejar su encierro para tomar el aire, aunque sea el aire martirizado de las maniobras, que está lleno de extrañas partículas, de los restos de la quema y los restos de la mortandad.

El Capitán pasa por mi lado y hace ademán de tocarme, pero se arrepiente (gracias a la boina no puede revolverme el pelo). Pregunta por mi padre y le respondo que salió para Isabel Segunda. Se queda mirándome, esa clase de mirada que en el fondo no se posa en mí, sino en lo que soy, un estorbo momentáneo, un estúpido testigo. Luego va derechito a la cocina, es grandote y viene decidido. Me pongo de pie, me quito la boina y me quedo mirándolo. Siento que se me aprieta el pecho; que el aire que aspiro por la boca no me alcanza, o no me baja suficiente a los pulmones. Quisiera que papá estuviera allí. O que llegara de improviso. Quisiera que Braulia, por lo menos ella, apareciera de pronto para buscar una taza de leche, o una pizca de orégano, cualquier cosa que no encuentre en la cocina del hotel, y que, como es costumbre, viene a buscar a la cocina de la casa.

—Le reproché que me hubiera dejado —vomitó por fin el Capitán—. Y ella se desahogó conmigo. Llegó a hablarme con una crueldad que sólo he podido comprender ahora, cuando yo mismo estoy muriéndome y puedo ser bastante cruel con los demás. Estela vio el porvenir ya desde entonces. Vio venir su muerte.

Pensé que si mataba al Capitán en ese instante, o si le daba un bofetón y lo tiraba al suelo, que en su estado era como matarlo, no podría conocer la otra mitad de su versión. Apreté el vaso de cristal, hubo un momento en que casi lo sentí crujir, pero el vidrio aguantó.

—Ese día la hallé en la cocina. Últimamente Estela se refugiaba mucho en la cocina. En la de la casa, por supuesto, pero también en la del hotelito, desplazando al cocinero y a Braulia, que ya de vieja se había vuelto invertida y se había echado una amante, una marimacha que venía todos los años al hotel y que, como era hacendada, se la llevó al final, la arrastró a la Isla Grande y la encerró en una de sus haciendas.

El Capitán se humedeció los labios, o ésa fue su intención. Más bien, pasó su lengua reseca y metálica sobre la hendidura cuarteada donde una vez hubo unos labios, una tramposa y miserable boca.

—Nada más verme llegar, aquel día, tu madre me pidió que no le hablara de lo que ella sabía que quería hablarle. Me explicó que su marido y su hijo estaban en la casa, y que era tiempo de que aceptara que lo que hubo entre nosotros ya se había esfumado; que la amistad lo apaciguaba todo y ella intentaba que fuéramos amigos. Le contesté que, por si no se había dado cuenta, su marido había salido para Isabel Segunda, y que era cierto que su hijo estaba allá fuera, pero que andaba muy entretenido con su traje del Zorro y su boina de cadete de la República. Había una ironía, una carga maliciosa en aquello que le acababa de decir. Había celos, que eran lo principal. Y la convicción de que tu mamá me estaba utilizando. ¿Qué hacía un hombre como yo, nacido en Maine, hijo de un héroe de guerra, enredado en líos de armas con una partida de nacionalistas que ni me iban ni me venían, y que, si algo me provocaban en aquel entonces, era un poco de lástima, con aquella revolución de miseria que en un abrir y cerrar de ojos se convirtió en suicidio? Si tu padre no se involucró del todo, óyelo bien, fue porque Estela puso un freno. Sabía que tú, con doce años, ibas a quedarte sin ella, y no quería que también te quedaras sin tu padre, de modo que su decisión de irse cambió todos los planes. Le pidió a tu padre que se quedara quieto, o se protegiera mejor, y él la comprendió y le prometió que sobreviviría para cuidarte.

Me sentí mareado. Demasiado ron, demasiado calor, demasiadas sombras en las palabras del Capitán.

—¿Qué hablaste por fin con mi madre?

Lo vi sudoroso, lívido, extrañamente risueño. También él había bebido demasiado.

—¿Qué hablaste por fin con mi madre? —repitió a su vez, en un tono ansioso que remedaba el mío—. Pareces maricón, Andrés, ¿qué querías que hablara con ella? Le pedí que lo dejara todo. Y todo cuanto ella tenía eran tu padre y tú, o eso era lo que quería comprobar. Le propuse que se viniera conmigo a Santa Cruz, a mi casita de la playa en Chenay Bay. ¿Y sabes lo que hizo? Soltó una carcajada, dijo que ella quería que la enterraran en el cementerio de Isabel Segunda, donde estaba enterrada su madre. Le daba repugnancia pensar que, si se moría lejos, yo tendría que amortajar su cuerpo y llevarlo en mi avioneta de regreso a Vieques. Mintió desesperadamente. Dijo que tenía miedo de lo que pasaría con su cadáver, y de la manera en que reaccionaría tu padre cuando ella volviera, como adúltera muerta. Dijo que tenía miedo, sobre todo, de lo que podría pasarte a ti, de lo que ibas a tener que ver.

—Sabes lo que vi —empujé mi cuerpo contra el suyo—. Algo más horrible, mucho más repugnante de lo que ella podía imaginarse.

El Capitán se puso de pie, se tambaleó y lo sostuve por un brazo, pero lo hice con inquina, con tal violencia que no pudo reprimir un gesto de dolor.

—Me orino —dijo, pero no se movió, no pudo dar ni un paso. Su pantalón de caqui empezó a mojarse, y un charquito de orines se formó a sus pies, goteándole por encima de los tenis.

—Estuve enfermo —le susurré—, y todavía siento ganas de vomitar cuando me acuerdo.

—Mi vida se terminó ese día, Andrés. Yo también estuve enfermo. Ha sido una enfermedad que me ha durado cincuenta años, dime si no es suficiente castigo.

Pagué la cuenta y salí del bar. Lo dejé solo frente a la barra, orinado y rígido, posiblemente ciego y sordo. Regresé al Pink Fancy y pedí que me prepararan la cuenta. Subí a mi habitación y llamé a mi mujer. Le expliqué que trataría de regresar aquella misma tarde, pero a mitad de la conversación se me quebró la voz y tuve que sonarme la nariz.

—No me vengas con que vas a regresar ahora —dijo ella con su vocecita aguda, utilizando ese tono ligeramente vengativo del que yo había abominado en el pasado, pero que en ese instante resultó como un bálsamo—. Ya que estás ahí, hazme el favor de terminar con esto y regresar mañana. ¿Tomaste tus pastillas?

No, no las había tomado. Junto al Capitán se alteraban el tiempo y las pequeñas rutinas. Yo era otro, intentaba comportarme como otro. En cierto sentido, me sentía rejuvenecido.

—Pues tómalas —agregó Gladys—, y dile que lo que hizo es un delito por el que todavía podrían meterlo preso.

Colgué y me acosté con los ojos bien abiertos, fijos en el techo. No quería dormirme, pues sospechaba que después me sentiría peor. Así estuve, luchando unos minutos, hasta que tomé una bocanada de aire, sacudí la cabeza y me metí en el baño. Vomité todo el ron de Haití, me lavé la cara y corrí al bar para tomar un café. Más tarde salí a buscar al Capitán. Sobre Christiansted había caído la noche y me dirigí al mismo bar donde lo había dejado. No lo encontré allí, por supuesto, ni tampoco me supieron decir qué rumbo había tomado. Di varias vueltas por la ciudad, y pasadas las ocho paré en el Comanche, un restaurante de los viejos tiempos, pedí una sopa a sabiendas de que mi estómago no aguantaría ningún otro plato. Luego volví al hotel, sudoroso y con dolor de piernas, y esperé en vela hasta el amanecer. A las seis y media sonó el teléfono: me informaron de que John Timothy Bunker había sido llevado a un hospital, y que él mismo había dado mi nombre y el lugar donde podían localizarme. Me sugirieron que le llevara su ropa interior y artículos para el aseo. Respondí que iría de inmediato, pero me arropé y traté de dormir una hora, necesitaba al menos esa horita. Al final fueron dos; dos que me devolvieron a la realidad tan fatigado y mustio como al principio. Atenazado por el remordimiento.

## 6

Una de las camareras del hotel vino a nuestra casa para limpiar la cocina, y lo primero que hizo fue subirse a una silla y empezar a quitar el polvo sobre la alacena. Estuvo canturreando mientras desempolvaba, y al bajarse, de un brinco, aplastó con el zapato a uno de los polluelos que Gertrudis nos había traído de regalo. Yo estaba sentado en el suelo, a pocos pasos de ella, acababa de sacar a los polluelos de la jaula y les estaba echando su alimento. La camarera levantó el pie, se miró la suela del zapato y luego miró hacia el montoncito de plumas mezcladas con tripas y sangre. También miré: me pareció que algo se movía, algo temblaba aún bajo la machacada carne.

Con el mismo trapo de quitar el polvo, la mujer recogió al polluelo y lo tiró a la basura. A mí me suplicó:

—No se lo vayas a decir a Braulia.

Le contesté que los polluelos eran míos, y ella repuso:

—Tuyos y de Braulia, porque a ella también la he visto dándoles de comer. Va a pensar que se lo maté a propósito. Mejor diremos que se te perdió.

Fui al cubo de la basura para verlo de nuevo, estaba convencido de que lo había tirado aún vivo. Pero sólo vi el par de patas inmóviles, que todavía eran rosadas. Gertrudis me había dicho que, con el tiempo, las patas se les volverían azules.

—Encierra a los otros —susurró la mujer—, no vaya a ser que los sigamos aplastando.

No me gustó su tono, ni la manera en que me involucró. Salí de la cocina y busqué a mi madre en la sala, luego en su habitación, y finalmente la hallé en su cuarto de costura, sentada frente a la máquina de coser, mirando indecisa dos carretes de hilo que a mí me parecieron exactamente del mismo color: amarillo quemado. Me acerqué a ella y le dije que Cecilia —así se llamaba la camarera— acababa de aplastar a uno de los polluelos. De momento no supo de qué polluelos le estaba hablando. Le tuve que explicar que se trataba de los que nos había regalado Gertrudis.

—Ah, ésos —suspiró mamá con indiferencia—. No deberías tenerlos sueltos.

Se respiraba olor a pólvora, pero ese día no habíamos oído ninguna explosión. Papá había dicho que iban a realizar maniobras en el mar y que de seguro lo notaríamos al día siguiente, cuando empezaran a llegar los peces muertos.

—Cecilia tuvo la culpa —recalqué, alzando la voz, sintiendo que una semilla de furor, una bolita lívida y más bien minúscula, empezaba a germinar dentro de mí, se desgarraba entera para dejar salir su pequeño tallo hiriente, casi carnívoro.

—Nadie tiene la culpa, Andrés, o en todo caso tú. Braulia te había advertido que los mantuvieras dentro de la jaula.

—Cecilia saltó sin mirar —insistí con vehemencia, prendado al mismo tiempo de las manos de mi madre, aquellas manos danzantes que no acababan de decidirse entre los dos indescifrables amarillos.

—Ella estaba trabajando —empleó un tono severo—, no iba a estar pendiente de lo que había en el suelo.

Supuse que a mi madre no le costaba ningún trabajo darme la razón, pero me la quitaba; me la quitaba y quise sacudirla, golpearla con los puños, castigarla de la peor manera. De la garganta me subió un sollozo, que en un niño pequeño hubiera sido tomado simplemente por un puchero. Mamá levantó la cabeza y, cuando la miré a los ojos, me pareció que era una extraña. Hay por lo menos un instante en la vida de una madre y su hijo en que al mirarse ambos se desconocen; no importa cuánto hayan vivido juntos, o lo identificados que parezcan estar. Se trata de un momento de descontrol y lucha, y, al enfrentarse el uno al otro, es como si se asomaran a un envidioso abismo.

—Le diré a papá que te besas con el Capitán —grité, al mismo tiempo que por la garganta me subía una espuma, ni puchero ni nada, un adulto veneno.

Los carretes de hilo resbalaron de sus manos y cayeron al suelo. Mamá se puso de pie, se alzó rígida de frente a mí, y noté que sólo se movía su pecho, que subía y bajaba. Sólo se oía su respiración.

—¿Qué es lo que has dicho, Andrés? —me preguntó al cabo de unos segundos, jadeando por la furia o por la emoción. En ese momento me imaginé que jadeaba también por la impresión de sentirse descubierta.

—Que el Capitán te besa y que te irás con él.

Primero sentí una bofetada, pero mamá estaba perpleja y yo era un niño demasiado fuerte. No moví la cara, no dejé de mirarla. Entonces me empujó, y eso sí lo sentí. Se abalanzó con todo su cuerpo sobre el mío y empezó a darme manotazos en el rostro, en la cabeza, y hasta en la espalda, cuando esquivándola me viré de espaldas. Lo hacía en silencio, ahogándose con cada intento, sospechando que sus manotazos no podían dolerme, y que lo único que me había estremecido, si alguna cosa, había sido su empujón, el secreto contacto de sus huesos.

Fatigada por el esfuerzo, más pálida que nunca, tambaleándose como si hubiera bebido, mamá recogió un corte de tela que había caído al piso, lo tiró de mala manera sobre la máquina de coser y salió de la habitación.

No quise ver adónde iba, tuve miedo de que fuera en busca de mi padre y se atreviera a contarle mi amenaza. Era un miedo que, a la misma vez, se convirtió en una ilusión: acusarme con papá significaba que me acusaba de mentir. Y significaba, por lo tanto, que no había nada que esconder. Caminé un poco por el cuarto, me dejé caer en la misma silla en la que ella había estado cosiendo, sobre el cojín que todavía estaba tibio, y me puse a esperar, a mi padre o a Braulia. Pensé que tal vez le tocaría a Braulia ir a buscarme. Pero en toda la casa reinaba un gran silencio, y al cabo de un rato, como un muerto, regresé a la cocina. La mujer de la limpieza se había ido, pero antes de irse había metido dentro de la jaula a los dos polluelos que yo había dejado al garete. Los estuve observando, piaban y daban vueltas uno alrededor del otro. Se me ocurrió que debía sacarlos de la jaula y aplastarlos también con mi propio zapato; abandonarlos allí, despanzurrados, para que los viera mi madre, que, en su afán de estar en la cocina, sin duda sería la primera en hallarlos. Abrí la jaula y agarré a uno de ellos, lo coloqué en el suelo y levanté mi pie, lo levanté todo lo que pude y esperé a tenerlo a tiro para lanzar la primera patada. Lo hice con ímpetu, lleno de una energía que nunca en mi vida había sentido, pero fallé, el polluelo giró y corrió a esconderse debajo de una mesa. Pensé que también podía atraparlo y ponerlo sobre la tabla de cortar la carne; machacarlo en ella minuciosamente hasta convertirlo en una suave pasta. Había algo que yo debía impedir, pero no sabía qué era, ni cómo hacerlo. Deambulé por una casa huérfana, de la que mi madre se había esfumado totalmente. Quizá fue allí, al terminar de discutir conmigo, cuando decidió no luchar ni un minuto; todo lo que ella había sido desapareció a partir de ese día, y no meses después, cuando le cerraron los ojos. Salí para la playa sin que nadie me lo impidiera, sentí que el mar apestaba a petróleo y estuve un rato en la orilla, matando el tiempo, esperando los cadáveres de los animales marinos, a sabiendas de que las corrientes aún tardarían en empujarlos a tierra firme.

Cuando regresé a la casa, una hora después, vi un automóvil estacionado frente al hotelito. Pero mi padre no estaba allí, sino en el balcón de la casa, hablando con un tipo flaco que me parecía haber visto algunas veces en Isabel Segunda. Intenté pasar de largo por su lado, pero él me detuvo:

—No preguntes nada, ni te pongas a hacer ruido, ¿entendiste?

Dije que sí con la cabeza.

Al entrar en la sala vi que Braulia estaba sentada en el sofá, con señas de haber estado llorando, aunque en ese momento no lloraba, tenía la mirada perdida y se dejaba consolar por Gertrudis, que le susurraba frases al oído y le pasaba un pañuelito por la cara. Mi madre también estaba a su lado, apretándole una mano y sosteniendo una taza que contenía alguna infusión. Me detuve frente a ellas, Gertrudis me miró con asombro y Braulia pareció despertarse. Tuve miedo de que todo aquello estuviera ocurriendo por causa del polluelo aplastado, y ese miedo se acentuó cuando Braulia me clavó la vista y rompió a llorar. Mi madre me miró de arriba abajo, había desdén en ese gesto, un dolor resignado que era también una confirmación y que me desgarró por dentro; me hizo mucho más daño que cualquier golpe o castigo. Papá se acercó a nosotros acompañado de aquel tipo flaco.

—Braulia —le dijo—, Ramón te va a llevar a la casa de tu hermana.

Ella lloró más fuerte y balbuceó frases incomprensibles. Trató de incorporarse por sí sola, pero dio un alarido y se derrumbó nuevamente en el sofá, medio desvanecida o medio loca. Aproveché para ponerme a salvo, me refugié tras la mesa del comedor y allí estuve aguardando, intentando volverme invisible, hasta que Braulia, resucitada quién sabe cómo, musitó unas palabras que se escucharon fuertes, que retumbaron como si fueran el estribillo de una canción:

—Santa, mi pobre Santa.

Mamá la abrazó y le habló al oído, y, al cabo de unos minutos, entre mi padre y Gertrudis la ayudaron a levantarse y junto con el tipo flaco la llevaron afuera. Me quedé a solas con mi madre, que parecía una estatua, un adorno feroz, delgada y pétrea, mirando hacia el hueco de luz por donde habían partido.

Lentamente me acerqué a la estatua. Estoy seguro de que percibió mi presencia, pero no se movió, estaba demasiado herida. Me paré a su lado, permanecí en silencio hasta que oí claramente que ponían en marcha el motor del automóvil que había visto al llegar.

—¿Qué pasó? —le pregunté a mi madre.

Ella no me miró ni contestó una sola palabra. Se puso de pie y se alejó rápido hacia la cocina, dejándome plantado en medio de ningún lugar, erizado de pena, como una nueva estatua que sustituía a la anterior. Salí de la casa y me encontré de frente con mi padre, que venía ya de regreso. Tenía una mirada dolida, una expresión ahogada, como si por dentro lo hubieran aplastado, lo mismo que al polluelo, y apenas quedara un temblor dentro de su carne pisoteada; un movimiento ilusorio, sin esperanza alguna.

—¿Qué le pasa a Braulia? —dije.

Papá estuvo pensándolo, ahora sospecho que estuvo buscando las palabras adecuadas, pero ni para eso tuvo ánimos.

—Murió su sobrina. Santa apareció muerta esta mañana.

No sentí nada. De momento, nada. Una suave anestesia tranquilizó mi cabeza, mi corazón, mis dedos. Me vino a la mente la imagen de Santa mirando la fotografía autografiada de Urbano, el Artista del Hambre. Y me acordé de que, mientras ella miraba esa foto, yo había estado mirando hacia su escote, ansiando acercarme, respirar en su pecho y recoger las migajas, lo poco que quisiera o que pudiera darme. Salí de la casa y entré al hotelito, que era un hotel fantasma, sin Gertrudis ni Braulia. Y sin las camareras, que al terminar su trabajo se habían ido a sus casas. El jardinero estaba en Isabel Segunda, y no había ningún vendedor ambulante en los alrededores, nadie que esperara a mi padre o al cocinero para ver si alguno de los dos se interesaba por comprarle medio saco de ñames, o tres docenas de huevos. Siempre había alguien que rondaba el hotel para ofrecer alguna mercancía, pero no ese día, ni en esa hora en que yo hubiera preferido divisar un rostro humano, una cara que desconociera la desgracia.

Cayó la tarde. Mi padre se vistió para salir y al poco rato vi que mi madre había hecho lo mismo. Papá se había puesto un traje negro y ella un vestido gris, muy triste, que le daba un aire espectral, insomne, o simplemente fúnebre. Un aire ya difunto que me aleteó en la cara como la sombra de un murciélago. Al verme solo, sentado en el quicio de la puerta, mi padre vino hacia mí y dijo que irían al velorio de Santa. Si quería acompañarlos, tendría que ponerme un pantalón y una camisa decentes.

—Puedes ponerte la camisa del Zorro —me aconsejó—. Pero tu madre no quiere que vengas. Dice que la insultaste.

La anestesia se me empezó a pasar. Lo supe porque sentí un calorcito en la cabeza y un hormigueo en las manos, y el corazón salió de su pasividad, latió más rápido que nunca.

—Si vas a venir —añadió papá, que luchaba por dentro—, corre a vestirte.

111

Me levanté de un brinco y corrí a buscar la camisa negra y mi pantalón de salir. No podía pensar en Santa como en una persona muerta, así que, mientras me vestía, la vi delante de mí con su cuerpo desnudo, vivo y desnudo, y su voz pidiéndome que la tocara aquí o allá. Eso era todo lo que podía escuchar.

Fuimos en la camioneta hasta la casa de Matilde. Yo iba sentado en medio de mis padres, pero mamá se obstinaba en mirar por la ventanilla y papá fijaba la vista al frente, los tres en silencio, respirando el olor a quemado que flotaba en el aire, y que se sentía con más fuerza en Isabel Segunda; un olor que a ratos se mezclaba con el tufo que se esparcía desde Montesanto, donde había tantos expropiados enfermos, y cientos de animales agonizando a la intemperie.

Mucho antes de llegar a la casa de Matilde nos topamos con otras personas que se dirigían al velorio. Papá saludó a los conocidos desde la ventanilla de la camioneta, pero mamá echó la cabeza hacia atrás y cerró los ojos, como si no quisiera ver ni saludar a nadie. Ahora comprendo que se preparaba para enfrentarse a la visión del féretro; de un rostro joven, absurdamente hinchado y quieto. Poco después bajamos del vehículo y eché a caminar junto a mi padre, mientras con el rabillo del ojo observé que mamá se quedaba rezagada, tal vez a propósito, caminando tan lento como si luchara contra una fuerza que a su pesar la iba absorbiendo. Cuando llegamos a la casa de Matilde, se persignó y se apoyó en el brazo de mi padre. En la salita debía de estar el cadáver de Santa, su féretro rodeado de velones y flores silvestres, pero estaba también la muerte como enigma, su espíritu roñoso, y mi madre tuvo un estremecimiento, el anticipo de lo que se nos venía encima.

Los hombres se quitaban el sombrero para entrar, y a través de las ventanas escapaban llantos y lamentaciones.

Entre las que se lamentaban con más fuerza estaba Braulia. La oí balbucear unas frases y la oí gritar, y si algo yo reconocía en este mundo, aun de lejos, eran sus gritos. Después de atravesar la puerta me detuve. Estaban los deudos tan apeñuscados unos contra otros que apenas se podía avanzar, pero mis padres me hicieron seña de que continuara adelante, empujé con los codos y me fui tras ellos. Primero le dieron el pésame a Matilde, la madre de Santa, que estaba sentada junto a Braulia. Papá le tomó la mano y la retuvo un tiempo entre las suyas, diciéndole palabras de consuelo. Luego le tocó el turno a mi madre, que se comportó con cierta frialdad: a Matilde, en realidad, la conocía muy poco; aunque tal vez no era frialdad, sino cansancio, o vértigo. Braulia, al vernos, se puso de pie y se aferró a mi madre, le habló bajito al oído, mojándole de paso la mejilla y el vestido gris. Mamá le pidió conformidad, y entonces Braulia se empeñó en llevarnos a ver a la difunta. Comenzó a abrirse paso entre la masa compacta de dolientes, y nosotros la seguimos, aspirando el aroma mezclado de las flores, la cera derretida y la peste a sudor. Finalmente, vi que apartaban a dos mujeres que rezaban el rosario, junto a la cabecera del féretro, y, de ese modo, al apartarse ellas, quedó al descubierto el rostro de Santa, desfigurado y lleno de manchas, con unos labios grises que no eran los suyos, y unos ojos de párpados azules, hundidos en sus cuencas, perdidos en el mundo de la calavera. Braulia acarició las manos tiesas, apretadas a un pequeño crucifijo, y se inclinó para besarle la boca. Seguí la maniobra de ese beso y sentí que me empujaban contra la caja abierta. No me empujaba nadie en particular, sino las personas detrás de mí, que también intentaban acercarse. Del aturdimiento de ese instante pasé a la náusea; me sentí preso, atrapado entre la muerte, la brutal dormida, y el deseo de tocar por última vez a Santa, chupar sus pechos en la intimidad del cobertizo y revolcarme

113

contra su cuerpo entero, su cuerpo muerto y apestoso a muerte, como los perros se revuelcan contra el olor de otro animal podrido. Me ahogó el espanto, el vacío de no explicarme nada ni de esperar más nada. Sólo sé que empecé a gritar, sin llorar ni moverme, un grito tras otro, cada vez más fuerte. Mi padre me cargó como a un bulto, me elevó sobre el resto de la gente y me sacó a la calle. Mi voz se fue apagando a medida que avanzábamos, y en la oscuridad sentí que me desmadejaba. Papá me depositó al pie de un árbol y allí permanecí sentado, medio borracho por el estupor. Mamá vino detrás de nosotros, me puso un pañuelo perfumado bajo la nariz y me sopló los ojos. Al rato me preguntó si era capaz de caminar, le respondí que sí, y ambos me ayudaron a ponerme de pie para volver a la camioneta. Otra vez, en silencio, regresamos a Martineau, aunque en esta ocasión mi madre sugirió que recostara mi cabeza sobre su falda, y así lo hice. Al llegar a casa, papá me llevó al cuarto, me obligó a beber un cocimiento que mamá había preparado para que me durmiera, y me desnudó como si yo fuera un muñeco.

—¿Cómo se murió Santa? —bostecé. Fue un bostezo parecido a una arcada.

—La mataron, Andrés —dijo papá—. Pero no hay que rendirse. —Se dio cuenta de que no había captado el significado de sus palabras—. Romperse uno por dentro —añadió—, eso es rendirse.

Me arropó con la sábana. Me quedé mirándole el bigote espeso, y ese mariposeo de sombras que la luz de la lamparita echaba sobre su rostro.

—¿Quién la mató? —quise saber aún.

—Duérmete, Andrés. Mañana tienes clases.

Pero apenas dormí. Pasé toda la noche dando vueltas y, por primera vez en muchos años, de madrugada me oriné en la cama. Tan pronto comenzó a clarear, se oyeron cañonazos y ráfagas lejanas. Pasaron aviones sobre el hotelito y a los pocos minutos comenzó el bombardeo. Así supe que las maniobras estaban volviendo a tierra firme. Y así, de pronto, me acordé de Santa y se me encogió el alma porque jamás iba a volver a verla. Apreté los ojos, y con ellos apretados tuve la corazonada de que los primeros peces muertos estaban acercándose a la orilla.

*Son dos fotos antiguas, pequeñas, pero bastante nítidas. Me las entregó tu madre, junto con las cartas, para que las tirara al mar. «Desde la avioneta», me suplicó, «tíralas lejos.» Obedecí tan sólo en parte: tiré las cartas de aquel hombre, no te imaginas la satisfacción con que lo hice, pero las fotos decidí salvarlas. No entiendo todavía por qué. Quizá porque eran fotos de niños, unas criaturas de otra época, que en el instante en que las retrataron no tenían culpa de la vida que les tocaría vivir. Supuse que al cabo de los años, alguien, la propia Estela, me agradecería no haberlas destruido. Pero tu madre enseguida se marchó de este mundo, y en lo que respecta a Frank, jamás se interesó por verlas. Se lo mencioné en una carta, habían pasado tres o cuatro años desde que se quedara viudo, y le confesé la verdad: que Estela me las había dado para que las tirara al mar. Él me respondió: «Entonces, hiciste mal en conservarlas». Y ya no volvimos a tocar el tema.*

*Las fotos estuvieron en mi casa de Santa Cruz durante todo ese tiempo, pero nunca se me ocurrió volver a mirarlas. Cuando murió mi padre y decidí mudarme a la casa que heredé en Port Clyde, me las llevé conmigo. Por entonces yo acababa de regresar de Corea y hacía gestiones para reunirme con mi mujer, una coreana con la que tuve un hijo. Me empecé a ganar la vida como me la había ganado siempre: llevando y trayendo carga en la avioneta, que ya no era el Cessna Periquito, sino una Piper Comanche en la que invertí la plata que me dejó papá. Cuando hacía falta, y siempre que me lo pagaran bien, transportaba algún*

117

*cadáver; uno de esos dormidos que te emocionaban tanto y que, como estábamos en Maine, a mí me parecían más fríos, más grises, más hundidos en su mierda de sueño que los dormidos de las Islas Vírgenes. Por esa época, me empezó a intranquilizar la idea de llevar difuntos en la avioneta, pero a menos que se negaran a pagarme lo que me merecía por volar con fiambre, nunca dije que no. Ni siquiera necesitaba ese dinero, lo hacía por disciplina, para no dejarme vencer por el miedo o la superstición.*

*Jamás mostré esas fotos a mi mujer, ni a un amigo, y menos a mi hijo. Y no se las mostré, entre otras cosas, porque pensé que a nadie, fuera de ti, podrían interesarle. Antes de venir a verte las busqué, abrí el sobre donde las guardaba, no fuera a ser que ya se hubieran convertido en polvo, y, cuando me cercioré de que seguían intactas, las saqué con cuidado y estuve mirándolas largo rato; las taladré con estos ojos de viejo abochornado que no cumplió con lo que le pidieron, y entonces volví a preguntarme por qué no obedecí a tu madre; por qué no las tiré en el mar de hace cincuenta años, que no es el mismo mar de ahora, no es ni la sombra de aquel mar que fue. Anoche te las hubiera dado de no haber sido porque el taxista, en lugar de llevarme hasta el Pink Fancy, se asustó y me trajo a este hospital. Tal parece que sufrí un ataque, me derrumbé en el taxi y se me trabó la lengua, y aunque intenté decir Pink Fancy, lo que salía de mi boca era un mugido verde, una arcada fangosa. Fue en parte la borrachera y en parte el mal, las células comelotodo que siento subir como hormiguitas hasta mi cerebro. Será cuestión de días antes de que pierda el habla; o de días antes de que la mente se me quede en blanco y, cuando eso ocurra, quisiera estar de regreso en Port Clyde con mi mujer, que ya es una coreana vieja —los diez años que le llevo, a nuestra edad, se notan poco— y con mi hijo, que es un coreano altísimo por herencia mía, y casi mudo por parte de su madre. Son cómplices, él y mi mujer, se han comunicado siempre de una forma sutil, con mensajes cifrados que nadie más podría entender. Con los orientales ocurre siempre así.*

*El caso es que tienes que rescatar las fotos. En parte vine a* eso, a entregarte algo que te pertenece, y en parte vine para aclarar las cosas. *Debe de ser que no tengo la conciencia muy limpia, pero no por lo que te imaginas, no es por eso, sino por algo distinto, una pequeña duda que acaso no me dejaría morirme en paz, lo cual es un decir, después de todo, porque, ¿quién muere en paz? Los imbéciles o los comatosos. El resto, no. La gente muere boqueando. He visto demasiadas veces ese momento agónico en que todo el mundo se retuerce y evoca. Evoca el pasado, van cerrándose las ventanitas, una tras otra, y allí queda la vida, congelada como en las películas. Los heridos graves o los enfermos terminales se preguntan siempre: ¿cómo será? —hasta que no te enfermas nunca te lo preguntas seriamente—, y yo tengo la certeza de que lo sé. Muchas noches he podido imaginar lo que voy a sentir, la oscuridad que me entrará por la piel, la tinta espesa que me nublará la vista. Nada que ocurra en ese instante me tomará por sorpresa. Por eso quiero que busques esas fotos, para mostrarte lo que hay en ellas de azar o de infortunio, para llegar al fin de una maldita vez. Tendrás que entrar en mi habitación (con la borrachera se me perdió la llave, escribiré una nota para que te den otra), abrirás la maleta, sacarás de uno de los bolsillos un sobre cerrado que está dirigido a ti y te sentarás en un lugar tranquilo —te ofrezco mi cama, mi habitación, puedes hacerlo en ella— para mirarlas con calma. En una de esas fotos aparecen dos niños: el menor, de ocho o nueve años, está de pie, frente a una especie de tarima con banderas; el mayor, a su lado, es un muchacho como de catorce, y está sentado en el suelo. Este último es tu padre, no hará falta que nadie te lo diga porque se lo verás en la cara, que es una carita siria, o libanesa —no recuerdo de dónde exactamente era tu abuelo—. El niño menor es Roberto, y ya en los tiempos de esa imagen tenía el aire de secreto ardimiento que le vi después. El chiste es que los retrataran juntos, a él y a tu padre, quién sabe por qué, quién sabe dónde, por supuesto en Vieques, pero la foto no dice el lugar ni la ocasión, sólo los nombres y la fecha: «Frank y Roberto, 16 de noviembre de 1930».*

119

En la segunda foto aparece tu madre, con tres o cuatro años de edad, no creo que tuviera más. Está apoyada sobre la falda de una mujer madura que sostiene entre sus brazos a una criatura de pocos meses. ¿Sabes quién era esa criatura? ¿No eres capaz de imaginarte quién? Tu madre me contó que ella y Roberto eran ahijados de la misma mujer, precisamente la que está en la foto, y por lo tanto el niño que aparece con ellas es Roberto, sonriendo por encima de la cabecita de Estela, como un signo que late desde entonces, como una sombra urdida para arrastrarla a fondo. Aquí, también, el chiste es que los retrataran juntos, mirando hacia delante, hacia el macabro porvenir que les esperaba: morirse jóvenes, casi al mismo tiempo, uno cosido a balazos y la otra por su voluntad. Detrás de la foto no hay nada escrito. Ni una pista, ni un nombre, ni ninguna fecha. Tu madre no cesaba de repetirme que lo lanzara todo desde mi avioneta: «Lejos, por favor, bien lejos».

A ella le quedaban menos de veinticuatro horas de vida, y a mí no me quedaba nada. Pero eso, que me quedaría con las manos vacías, lo había sabido mucho tiempo atrás, desde mediados de junio más o menos, cuando comenzaron a llegar los huéspedes de aquel verano, que fue el último que pasé entre ustedes. Había una extraña actividad en el Frank's Guesthouse, y también en tu casa; una actividad que a mí me pareció bastante falsa. Las habitaciones estaban ocupadas por completo y constantemente llegaban visitantes, gente que se hospedaba en los hoteles de Isabel Segunda y que se acercaba al hotelito con las más inconcebibles excusas: iban a mirar, o a visitar a otros huéspedes, o a tomar un trago en la pequeña barra que montaba tu padre en la playa, bajo un sombrajo hecho de pencas de palma. No sé si te dabas cuenta, porque eras un muchacho, pero hubo un momento en que no se sabía quiénes eran los huéspedes y quiénes los conspiradores. Los huéspedes americanos se confundían en el comedor con los nacionalistas recalcitrantes como el barbero, y los amigos del barbero, que estuvieron paseándose por Isabel Segunda, mirándolo todo como marcianos, y levantaron quién sabe qué cantidad de sospechas. *Estoy seguro de que los vigilaban. Roberto se quedaba aparte, tan callado como de costumbre, pasaba horas enteras reunido con tu padre, encerrados los dos. Estela estaba tan dichosa de tenerlo allí, que iba de un lado para otro llena de vitalidad, ocultando mal su nerviosismo, excitada hasta el tuétano. Yo me daba cuenta porque me metí en Martineau y exigí mi habitación de siempre. Me propuse pasar más tiempo en el hotelito, y casi no salía, simulaba leer un libro de aviación y hacía como que descansaba, pero mi mente no tenía descanso. También tú te movías en medio del torbellino, hiciste buenas migas con el barbero, o él las quiso hacer contigo y, como estabas frágil, ansioso por buscar un apoyo, acoquinado aún por la muerte de esa muchacha, te dejaste conquistar sin problema. El barbero sabía escucharte, creo que tenía un hijo de tu edad, y hubo un momento en que improvisó una pequeña barbería en el cuarto de desahogo del hotel y te pidió que fueras su ayudante. Allí metió una silla y empezó a recortar a todo el que no quisiera ir a las barberías de Isabel Segunda, que por esa época siempre se llenaban de* marines. *Yo tenía el pelo bastante corto, y mi propio barbero en Santa Cruz, así que no se me ocurrió solicitar los servicios de aquel hombre, pero sí lo hizo Roberto, que tenía un cabello abundante y brioso, el tipo de melena donde es facilísimo imaginar los dedos de una mujer. Una mañana, al pasar por aquella barbería improvisada, vi a tu padre que estaba allí, leyendo el periódico, y a tu madre, que oía las noticias en una pequeña radio que colocaron en la misma mesa donde el barbero había instalado su jabonera y su hoja de afeitar. Roberto estaba en la silla, dejándose trasquilar, o eso es lo que parecía por la cantidad de pelo que iba cayendo al suelo. Me detuve en la puerta y tu madre levantó la vista y arqueó las cejas, como si se asombrara de verme, mientras tu padre se limitó a hacerme un gesto con la mano, invitándome a pasar. El barbero interrumpió un momento su trabajo y me miró con una expresión dudosa, que no supe definir si era de desconfianza o desafío. Roberto ni siquiera se tomó el trabajo de mirarme; no desvió la vista, que la* mantuvo fija en la pared de enfrente, una pared desnuda excepto por un ridículo almanaque. Lo vi de perfil, tenía la nariz recta y un mentón duro, un aire irrompible en esa cara taimada. No supe si seguir de largo, o quedarme con ellos y tratar de iniciar una conversación. Pero en el fondo me sentí excluido, y esa exclusión me pareció un agravio. Yo los había ayudado con las armas; en mi propia avioneta habían cargado las pistolas, la subametralladora con la que luego se defendió el barbero. Me jugué el pellejo cuando salimos en la lancha desde Vieques, el día de Año Nuevo; y me lo jugué después, cuando llegamos al puerto de Fajardo y bajamos las cajas de pescado (que en realidad eran cajas con pistolas) para meterlas en un camión que arrancó a toda velocidad rumbo a San Juan. No sé si tu padre se sintió incómodo, tan sólo dijo: «Pasa, J.T., ¿querías pelarte?», y yo negué con la cabeza. Di media vuelta para dirigirme a la playa, y por el camino me topé con Braulia, que venía con una bandeja llena de tazas de café. Se detuvo para ofrecerme una, y apuesto a que vio en mis ojos la inconformidad, el despecho, quién sabe qué demonios vio, porque me pareció que se ablandaba, trató de mostrar su lado más servicial, o su lado más dulce, que era un lado imposible. La única persona que sabía, o sospechaba, lo que había habido entre tu madre y yo era Braulia. Y en ese momento era la única que se daba cuenta de que me comportaba como un perro, uno faldero; y que me estaba humillando con tal de volver con Estela. Braulia sabía —y, por lo tanto, también su amiga marimacha— que yo estaba picado por la presencia de Roberto y que encima tenía las manos atadas por respeto a tu padre. Nunca supe si Estela se sinceraba con ella. A veces pienso que tu madre no se sinceraba con nadie; que sus verdaderos sentimientos no se los contó jamás a ninguna otra persona. Ni a su hermana, ni a sus amigas, ni a la propia Braulia, que conocía los sentimientos de todos en aquella casa, y sabía perfectamente que Frank estaba metido en la conspiración nacionalista, y que Estela era la encubridora, en cierta forma era como un enlace, y también un punto de referencia para ese grupo donde mandaba el barbero,

122

haciéndose el idiota con sus tijeritas, pero en el fondo un tipo bien templado, de un valor que nadie pudo imaginar hasta que se encerró en su barbería.

Tú equivocaste los tiros, Andrés. Siempre estuviste equivocado, y hace cincuenta años se te podía perdonar, porque eras un niño, pero ahora no me cabe en la cabeza que sigas insistiendo en algo que seguramente viste en sueños, o viste de otra manera, o deseaste ver, pero que nunca fue, ese día no existió en ningún almanaque del mundo. Olfateaste el peligro, eso es verdad, pero la actitud de tu madre, que fue sutil, te desorientó, y la actitud de Roberto, que era un bloque de silencio, un ser inexpugnable, no daba pie a sospechas. Quizá lo que más me lastimó fue eso: tu madre no se dio cuenta, sino hasta el final, de que ese hombre sólo tenía una devoción, un afán en su vida, que era la lucha. Comprende que era otra época, y éramos otros. Aunque tal vez no debería incluirme, porque sigo siendo el mismo, y aun en el 50 fui exactamente igual a como soy ahora: es cuestión de carácter. Nunca sentí esa convicción ni ese desprendimiento. Al lado de Roberto tuve que parecer un ser incoloro, lo sospechaba entonces y lo veo claramente ahora. Si hubiera sido mujer, también lo habría escogido a él, que no quería escoger a nadie, no estaba disponible más que para lo que él decía: proclamar la independencia, gritar la República, sacarnos en burujón de allí, a los gringos como a cucarachas. A mí también, con un demonio.

Ve al Pink Fancy. Diles que estoy en el hospital y que perdí la llave, pero que necesitas recoger mis cosas. Te suplico que no te vayas a dormir esta noche sin ver esas fotos. Sóplalas, como si tuvieran polvo, y verás que, en efecto, se levanta una polvareda irreal y aparece el secreto. Mañana, antes de coger tu vuelo hacia San Juan, deberías venir a verme. Te prometo que será la última vez; somos los únicos sobrevivientes y alguien tiene que hablar. Lo haré yo. Empezaré por donde más nos duela.

123

## 7

Fue un verano silencioso y tenso. Como si cada cual vagara dentro de su propia nube, los huéspedes y nosotros, sonámbulos en la arenisca. El barbero vino a pasar unos días con nosotros, y con él vinieron otros dos hombres, que eran sus amigos y también amigos de mi padre, y que ocuparon la misma habitación. Ninguno trajo a su mujer o a sus hijos, que hubiera sido lo más lógico, pues estábamos de vacaciones. Se reunían por las tardes para conversar, y a veces salían a caminar por la playa, de dos en dos, fumando y mirando hacia las olas. Por esas mismas fechas, otro amigo de la familia se dejó caer por el hotelito: era Roberto, y como no quedaban habitaciones vacías, papá lo invitó a que se hospedara en nuestra casa, en el mismo cuarto en el que habíamos velado al difunto agarrotado de la Nochebuena. Nadie había dormido en esa cama desde entonces, y mi madre ordenó que viraran el colchón, lo vistieran con sábanas limpias –que ella misma sacó de las gavetas de su cómoda– y llevaran a la habitación el palanganero fino y el espejo que habían sido de Apolonia. Una de las camareras trajo toallas del hotel, pero mi madre las retiró y puso toallas mullidas, de las que sólo se usaban en casa. Apuesto a que aquel hombre ni siquiera se dio cuenta de todas las molestias que se habían tomado para que se sintiera cómodo. Seguramente pensaría que aquella habitación siempre era así, elegante y llena de detalles, como en las revistas. Y aunque estuvo en la casa varios días, nunca desayunó con nosotros, sino que se levantaba al amanecer y desayunaba en el comedor del hotelito, con el barbero Vidal y sus amigos.

Una mañana, uno de los huéspedes, que era un americano viejo, con un ojo tapado como los piratas, pues se lo habían vaciado durante la Primera Guerra, le pidió a papá que lo llevara a la barbería de Isabel Segunda. Papá, que no tendría tiempo ni ganas de llevarlo en su camioneta, le comentó que en el hotel había un barbero, en caso de que prefiriera afeitarse allí. Así fue como Braulia preparó el cuarto de desahogo donde guardábamos las herramientas y las latas de pintura, y lo convirtió en la barbería de Vidal, con todos los huéspedes queriendo cortarse el pelo y afeitarse, y hasta los vendedores ambulantes, que se allegaban hasta Martineau para ofrecer su mercancía, cuando se enteraban de que había un barbero, separaban unos centavos y Vidal les cobraba más barato, o a veces no les cobraba en dinero, sino en viandas que llevaba para la cocina.

Una sola mujer se presentó en ese lugar para que le cortaran el pelo: era Gertrudis. Vidal me había pedido que fuera su ayudante, y, cuando Gertrudis llegó, poco antes de la hora del almuerzo, con su falda negra y su blusa blanca, y preguntó si podían atenderla, el barbero le sostuvo la mirada y le dijo que con mucho gusto, que qué se iba a hacer la señora. Lo dijo con un retintín de ironía, algo ceremonioso —no sé si esperaba que Gertrudis le dijera que prefería un afeitado—, y ella ni siquiera sonrió. Se abrió el cuello de la blusa y se sentó en la silla, que era una silla común, a la que le habían añadido unos cojines para que los clientes quedaran a cierta altura y el barbero pudiera trabajar con comodidad. Braulia se paró en la puerta y dirigió una mirada de comprensión a su amiga; se notaba la electricidad entre ambas, una corriente de viril ternura. Vidal cortó sin piedad, muy profesional y en silencio, no cruzó una sola palabra con su clienta, quizá porque se percató de que a Gertrudis no le interesaba cruzar ni media palabra con él. En cuanto pude, salí en busca de mi madre para que fuera a ver el espectáculo, y la hallé podando las matas del patio, conversando con el Capitán, que había venido al hotel por unos días y ocupaba su habitación de siempre. Me alegré de interrumpirlos, de interponerme en esa charla que sostenían bastante cerca uno del otro. J.T. fumaba un cigarrillo, con su panamá oscurito calado hasta las cejas, y mi madre estaba inclinada sobre el seto de las siemprevivas, cortando y a la vez examinando unas hojas que le parecían enfermas. El Capitán alzó su cara pecosa, me pareció que descompuesta, o era tal vez que el sol lo aniquilaba de ese modo. Evité mirarlo, me acerqué a mi madre y le soplé que el barbero estaba cortándole el pelo a Gertrudis. Mi madre sonrió, fue una sonrisa de complicidad que no iba dirigida a mí, sino al Capitán, quien se echó el sombrero hacia atrás y descubrió toda su cara, como si descubriera sus verdaderas intenciones.

—Deben de ser los gusanos —se quejó entonces mi madre, volviendo a las hojas quebradizas. Y luego, como se dio cuenta de que aguardaba por ella, extendió su mano y me tocó en el brazo.

—Ve con el barbero. Yo iré más tarde.

Comprendí que lo hacía para alejarme. El Capitán no se inmutó, sólo se limitó a mirar el suelo, disimulando que nada le importaba. Insistí con mi madre, le rogué que por favor me acompañara, pero ella replicó que Gertrudis podía molestarse, y que acaso se molestaría el barbero si se daba cuenta de que no tomábamos su trabajo en serio. Ya no le respondí, pero me quedé cavilando, sin atreverme a dar un paso. Mi madre cayó en la cuenta de que todo lo que quería era apartarla de J.T., y eso al parecer bastó para que se emperrara: me dio la espalda y continuó en lo suyo, podando matas, hurgando en cada hojita en busca del gusano. No sé cuánto tiempo transcurrió, un minuto o cinco, hasta que el Capitán decidió romper el hielo:

—Vamos, Andrés, yo voy contigo.

Miré a mamá para ver si lo lamentaba, si me odiaba por el hecho de que por fin lograba separarlos. Y mamá se estremeció, aún de espaldas la vi estremecerse, como si mi mirada, que era una aguja de hielo, la traspasara entera. Volví al hotelito en compañía del Capitán y entramos al cuarto de desahogo, donde el barbero estaba terminando con Gertrudis. Ella nos dedicó una mirada salvaje, y ni siquiera saludó al Capitán. El barbero le prestó un espejo para que se mirara, y Gertrudis, de frente a ese espejo, sacudió la cabeza como un caballo enteramente complacido. Pagó, masculló un «hasta luego» y supongo que se largó a la playa, pues le sobresalían los tirantes del traje de baño por debajo de la camisa. Todo eso ocurrió el 3 de julio. Lo recuerdo porque al día siguiente, que era de fiesta y anunciaron fuegos artificiales en Isabel Segunda, recibimos una extraña visita en el hotel. Una mujer trigueña, delgada, con unos ojos verdes muy intranquilos y una boca chiquita, pintada de rojo, que parecía un corazón en miniatura, llegó al hotel y preguntó por mi madre. La atendió Braulia, que le ofreció un asiento en el recibidor y luego fue a buscarme donde el barbero.

—Ve y dile a tu mamá que ahí está una señora que la quiere ver. Me parece que es de Santa Cruz.

Salí y vi a la mujer, sentada muy tiesa, aunque movía sus ojos de un lado para otro, repasándolo todo. Llevaba zapatos de medio taco y vestido a rayas, pero lo más llamativo era su sombrero, de pajilla natural, con florecitas multicolores sujetas a la toquilla negra. Corrí hacia la casa y, cuando llegué junto a mi madre, me di cuenta de que Braulia no me había dicho el nombre de la mujer que quería verla, así que sólo le dije que una señora de Santa Cruz la estaba esperando en el hotel. Ella estaba cosiendo y se pinchó con la aguja, se llevó el dedo a la boca, alzó la vista y la sentí medrosa.

—¿De Santa Cruz, estás seguro?

Dije que sí, pero no me quedé a esperarla porque me interesaba más la clase de peluquería que me estaba dando el barbero. En el momento en que Braulia nos interrumpió, me enseñaba a sostener el peine y a cortar el pelo en diagonal, de abajo hacia arriba. Así que corrí a la barbería, pero, cuando llegué, Vidal estaba oyendo la radio y me hizo señas de que me estuviera quieto. Minutos más tarde llegó uno de los hombres que habían viajado con él desde San Juan. Vestía un traje completo con corbata oscura, como si no estuviera en un hotel de la playa. Vidal, que estaba agachado, con la oreja pegada a la radio, se incorporó cuando lo vio llegar.

—Se acaba de joder Corea.

Volvió a inclinarse, pero noté que ya no le prestaba atención a lo que estaba diciendo el locutor. Su mente estaba en otra parte, sus ojos fijos en el suelo.

—Y encima —dijo arrastrando la voz—, Truman firmó la Ley 600. Así que también nos acabamos de joder nosotros.

Ninguno de los dos parecía recordar que yo estaba allí. El barbero dio un paseíto por la habitación, miró hacia todos lados, inclusive al techo, como si de repente lo hubieran soltado en ese lugar y estuviera buscando un agujero por donde escabullirse.

—Avísale a Roberto que vamos a reunirnos —le ordenó a su amigo—, y dile a Ríos que busque a la gente de Isabel Segunda.

Apagó la radio y se sentó en el improvisado sillón de sus clientes. Se miró las manos, que estaban rosadas por la humedad, más pálidas que el resto de su cuerpo. Me di cuenta de que tenía unas manos medianas, tirando a pequeñas, y que tal vez por eso era tan diestro con las tijeras. Cogí el tubo de talco y lo moví de un sitio para otro, hice un pequeño ruido aposta para llamar su atención. Él ni siquiera se dignó mirarme, pero igual le pregunté dónde quedaba Corea.

—Junto a China —murmuró, entretenido con otro pensamiento—, entre el mar Amarillo y el mar del Japón.

Me eché talco en la mano y me llevé esa mano a la nuca. Froté despacio, no logro recordar con qué objeto.

—Habrá guerra —añadió el barbero—. Se llevarán a los muchachos de aquí y a los de la Isla Grande. Los matarán en Corea, o volverán con una sola pierna, o con un solo brazo. Y los que no se mueran tendrán que matar a los coreanos.

Pensé que era mil veces preferible matar coreanos que volver sin piernas. Lo pensé, pero no se lo dije, porque en ese instante el barbero se puso de pie y dijo que tenía que ir a reunirse con sus amigos, y que ya me seguiría enseñando a cortar el pelo cuando hubiera otra oportunidad.

—¿Mañana? —insistí.

—Mañana —convino.

Salí del hotelito y vi de lejos a la mujer que había venido buscando a mi madre —más bien, vi su vestido a rayas—, y me di cuenta de que acababa de salir de mi casa. Ella también me vio y se detuvo, cambió de rumbo y empezó a caminar hacia mí. Me imaginé que entraría de nuevo en el hotel, o que me iba a preguntar por Braulia. Pero cuando llegó a mi lado se inclinó un poquito, puso su cara a la altura de la mía y sopló estas palabras:

—Tu mamá se va.

Exageró el movimiento de los labios, como si le hablara a un sordo. No supe qué decir, ni cómo escapar de allí. Nuestras caras quedaron a poca distancia una de otra, y como ella respiraba rápido, pude sentir el olor de su boca, que no era malo ni bueno, sólo ese olor particular de cada cual, que pertenece a sus dientes, a su lengua o a su propia garganta. Miré hacia atrás buscando un asidero, el apoyo de Braulia, o el apoyo de las camareras, pero no vi a nadie. Ella se dio cuenta y se separó de mí. Entonces clavó sus ojos en el hotelito.

—Se va y los deja —recalcó, apretando en las manos una carterita negra—. Díselo a tu papá.

La vi alejarse rumbo a la carretera y supuse que allí la esperaría un taxi, o cualquier otro vehículo. Nadie podía venir a pie hasta Martineau, ni marcharse caminando hacia ningún lugar. Entré en la casa, sabía que mi padre estaba en Isabel Segunda, o quizá recogiendo pescado en La Esperanza. Busqué a mi madre en el cuarto de costura, la busqué en la cocina, finalmente la hallé en su habitación, sentada en la orilla de la cama.

—Lávate las manos —ordenó sin mirarme—, voy a servir el almuerzo.

Parecía preocupada y esperé en vano a que me hablara de la mujer que acababa de marcharse, quién era o a qué había venido. Estuve a punto de preguntárselo, o de repetir lo que ella me había dicho. Pero decidí que era mejor que fuera al baño y empezara a enjabonarme las manos, minutos enteros estuve dándole vueltas a la espuma, hasta que dejé de verla porque los ojos se me anegaron, y lo que vi fue una bola de niebla, todos mis dedos convertidos en bruma, cada vez más lejana y espesa. Me enjuagué y me eché agua en la cara. Bajé al comedor y me senté a la mesa. Nadie vino, ni rastro de mi madre con el almuerzo, ni un ruido, ni una palabra suya. Pasaron los minutos y tuve miedo de ir a buscarla, de llamarla, de moverme siquiera en el asiento. Al cabo de un rato sentí que bajaba, la vi pasar por mi lado y entrar en la cocina.

—Ven a ayudarme —le oí decir, y comprendí que su tono era gravísimo.

Los ojos me ardían, las piernas me temblaban un poco. Ella me puso en las manos una fuente con el arroz blanco.

—Lleva esto a la mesa.

Llevé el arroz y volví para ayudar. Mi madre me miró desalentada, sin saber qué hacer conmigo. Me encargó que cogiera el plato con la ensalada, las rajas de aguacate que parecían mordaces sonrisas verdes. Ella tomó la fuente con las habichuelas guisadas. Caminamos como en una procesión y lo pusimos todo sobre la mesa. Supe que mamá tenía ganas de llorar; las ganas de llorar se notan con más fuerza en la manera en que caminan las personas. Comimos solos y callados. Mi madre apenas hizo un comentario ambiguo sobre las clases que me estaba dando el barbero. Sugirió que luego podría practicar afeitando por ejemplo a Gerónimo, o cortándole el pelo a Elodio Brito, el cocinero del hotel. No le contesté. Ella se levantó, recogió los platos vacíos y volvió a la cocina.

Mi padre regresó a media tarde. Estuvo buscándome por casa y me encontró en la playa. Yo había estado nadando y en ese momento descansaba en la arena, observando a Gertrudis, que daba largas brazadas a lo lejos, sin su gorrito anaranjado, porque con el pelo tan corto no necesitaba ponérselo. No me di cuenta de que papá había llegado hasta que miré para el lado y vi la punta de sus zapatos de dos tonos.

—Iremos a Isabel Segunda —anunció—, ¿no quieres ver los fuegos artificiales?

Estábamos solos, o casi solos. Teníamos unos pocos huéspedes a nuestro alrededor: el viejo del ojo tapado y su mujer, ambos tumbados en la arena, achicharrándose como camaleones. Y otra pareja joven, también de americanos, pero ella un poco achinada, dormida sobre su toalla, la piel color corteza de pan y los pechos apuntando al cielo, como una inmóvil muñeca que me recordaba a Santa, y por eso me dolía mirarla. Vacilé entre contarle a papá sobre la visita que había recibido mi madre o guardar silencio.

—A las siete en punto salimos —agregó—, no te demores aquí.

Hubiera querido preguntarle si mamá vendría con nosotros. Tuve el temor de que, estando ambos ausentes, aprovechara para partir sin dar explicaciones, sin despedirse, dejándonos quizás una carta. En las novelas que ella escuchaba por la radio, las personas siempre dejaban esa clase de carta para decir adiós. Lo sé, porque a veces las oía a su lado. Empecé a remover la arena pensando en eso, mirando de reojo a mi padre, que se alejaba rápido, de vuelta al hotel. En ese momento, la muchacha que me recordaba a Santa se despertó, se estiró encima de su toalla y susurró algo a su marido. Los dos se pusieron de pie y ella se acomodó el traje de baño, que era negro, y que durante el sueño se había encogido sobre sus nalgas, dejándolas un poco al descubierto. Pensé en las nalgas de Santa, que no había visto muchas veces, pero que sí había tocado, fugazmente, cuando la abrazaba. Eran nalgas duras y siempre un poco frías. Me levanté para volver a casa. Me ardía la cabeza y por una fracción de segundo, tan sólo una fracción, vi la imagen de mi madre desnuda, y la del Capitán, sin su camisa pero con sombrero, estrechándola en la orilla del mar.

Me encerré en mi cuarto, me metí en la ducha y me saqué la arena y el agua salada. Tal como había dicho mi padre, a las siete en punto salimos hacia Isabel Segunda. Supe que algunos huéspedes ya estaban en el pueblo, y que J.T. se reuniría con nosotros un poco más tarde, pues aquel día había tenido que volar a Santa Cruz. Eso lo hablaron mis padres en la camioneta, y sólo entonces entendí las razones de mamá para querer acompañarnos, tan ensimismada en su tristeza, pero a la vez tan férrea, sólo planeando verlo.

En la plaza de Isabel Segunda había música, varios puestos donde vendían frituras y montones de expropiados que iban de un lado para otro, algunos descalzos, buscando a ver qué les caía; alguien que se compadeciera y les comprara un trozo de carne o un vasito de ron, porque se celebraba el día de la Independencia americana. La mayoría de los *marines* no llevaban el uniforme, pero se les veía por encima de la ropa que lo eran. Papá saludaba a sus conocidos del pueblo, y mi madre también se detenía para besar a sus antiguas compañeras de colegio, o a unas viejitas aspaventosas, que se identificaban como amigas de mi abuela. El barbero y sus hombres nos esperaban en algún punto de la carretera, en la cuesta que conduce al Fuerte de Miraflores, desde cuya explanada íbamos a ver los fuegos. Así que al poco de enfilar por esa cuesta nos topamos con ellos. Papá los saludó como si se sorprendiera de verlos, conversaron unos minutos y luego seguimos caminando juntos. O casi juntos, puesto que el barbero se quedaba rezagado, y enseguida noté que lo hacía adrede. De vez en cuando volteaba la cabeza para asegurarme de que venía detrás, y él me guiñaba un ojo, a lo que yo le respondía con otro guiño, deseando que el Capitán no apareciera, que se quedara por Santa Cruz o se cayera al mar en su avioneta. Mientras subíamos, mamá me echó el brazo por encima de los hombros, y enseguida sentí un escalofrío.

Arriba, en el Fuerte, nos agrupamos en el lugar más alto, y esperamos casi una hora hasta que se sintieron los primeros estallidos y vimos las primeras luces. Mi padre las observaba junto al barbero, y mi madre y yo nos mantuvimos muy unidos, con la vista clavada en el cielo, sintiendo a lo mejor la misma desazón, buscando una señal. En una de esas que volví la cara para decirle algo a mi padre, me di cuenta de que aquel amigo suyo, Roberto, también acababa de llegar, o quizás había estado allí desde el principio y sólo en ese instante yo había notado su presencia. El grupo entero conversaba sin mirarse, como si cada cual hablara para sí mismo, sin perder un detalle de los fuegos, todos embobados y con los ojos brillantes. Al final, fue una explosión grandiosa, daba trabajo seguir la trayectoria de tantas luces, y hubo gritos de asombro y llantos de niños pequeños. Cuando todavía no se había disipado el humo, papá volvió a nuestro lado y dijo que lo mejor era que regresáramos a casa. Mamá no dijo nada, pero me tomó del brazo y nos dirigimos hacia la carretera que desembocaba en el muelle, que era el lugar donde habíamos dejado la camioneta. Otras personas caminaban a nuestro lado, pero no los amigos de mi padre, que de seguro se habían quedado en el Fuerte. Sin embargo, las conversaciones de los demás no nos tocaban. Estábamos impregnados de un silencio particular, y ese silencio quería decir cosas inconfesables.

Cuando estábamos los tres en la camioneta, que mi padre ya había puesto el motor en marcha, una mujer se acercó a la ventanilla y pronunció el nombre de mi madre. Lo hizo un poco tímida, como si no estuviera muy segura de haberla reconocido. Mamá reaccionó con alegría, bajó de nuevo y abrazó a la mujer. Empezaron a preguntarse por sus respectivas hermanas y por sus hijos, y yo miré a mi padre, era urgente que lo mirara. Papá lo sintió, creo que mis ojos barrenaron su sien, y aún seguí mirándolo: su perfil y el mechón de pelo que le caía sobre la frente alta, llena de preocupación.

—Mamá se va —le soplé, atenazado por la ansiedad.

—No —repuso mi padre—, sólo está saludando a una amiga.

—Se irá con el Capitán —volví a soplarle, con un hilito de voz. Le temblaron los labios y tragó en seco, pero no me miró—. Una mujer que estuvo hoy en Martineau me dijo que te dijera que mamá se iría. —Mantuvo la vista al frente. En su cara no se movía un solo músculo. Escuchábamos la conversación entre mi madre y su amiga, hablaban del hotel, del hollín que cundía tras las maniobras y del ruido de las explosiones–. Papá –le supliqué–, papá...

Se estaban despidiendo. La amiga de mi madre anotaba en un papelito su dirección para que la visitáramos la próxima vez que fuéramos a San Juan. Allí, en la oscuridad de la camioneta, sintiendo la respiración dolida de mi padre, su silencio de piedra, el calor que despedía su cuerpo, que era un calor áspero, repleto de impotencia, tuve la certeza de que nunca volveríamos a la Isla Grande. Nunca más iríamos a la casa de mi tía, ni a dar ningún paseo por el Barrio Obrero. Jamás volvería a ver los ojos de Urbano, los flacos ojos de aquel artista de la desolación.

–J.T. se la va a llevar.

Vi que papá clavaba las uñas en el volante. Yo nunca llamaba J.T. al Capitán de los Dormidos. Lo había hecho en ese momento como un recurso desesperado, tal vez la última posibilidad de provocar a mi padre y hacerlo reaccionar.

Mamá subió a la camioneta con una sonrisa en los labios. Comentó algo con respecto al marido de su amiga y volvió a mirar el papelito con la dirección antes de guardarlo en su cartera. Papá no dijo una palabra durante todo el camino de regreso, y ni mi madre ni yo volvimos a abrir la boca. Éramos como tres extraños que atravesábamos una noche interior, más insumisa y negra que la que nos rodeaba.

Regresé al Pink Fancy, expliqué que John Timothy Bunker estaba en el hospital y entregué una nota de su puño y letra en la que me autorizaba para recoger sus pertenencias. Recibí la llave de su habitación, pero no entré en ella de inmediato, quise esperar un poco y me metí en el bar. Pedí un vodka martini y, tomándolo a sorbitos, traté de recordar lo que más me importaba: el aspecto de mi padre en junio del 73, la última vez que nos vimos, pocos días antes de su muerte. Para ese entonces, vivía en un pueblito de Georgia llamado Milledgeville, con su esposa americana y la hija de ella, que era deficiente mental. Papá estaba muriendo de lupus y lo encontré muy débil, hablaba en susurros y había perdido su color de siempre, que era un color aceitunado. Aún no había cumplido sesenta años, pero la enfermedad lo secó, le chupó las mejillas y le afectó la voz.

La mujer de mi padre me recibió llorosa; me agradeció que hubiera ido hasta Georgia, pues Frankie (ella lo llamaba Frankie) constantemente preguntaba por mí. Su hija también me recibió con cara de llanto, aunque enseguida empezó a sonreír, y con esa sonrisa vacía me tendió la mano. Poco después, ambas mujeres me acompañaron hasta la habitación donde dormía mi padre. Helen, la esposa, arrastró una silla, la colocó junto a la cama y me invitó a sentarme. En todo ese tiempo, papá estuvo roncando y ni siquiera se despertó con el ruido de la conversación.

Tuvo su mujer que llamarlo, extendiendo su mano regordeta y tocándole suavemente la mejilla.

—Frankie, mira quién ha llegado. El fiscal Yasín ha venido a verte.

Lo dijo sin ironía, y añadió que mi padre siempre se refería a mí de esa manera. Él entreabrió los párpados, miró distraído a su mujer y a su hijastra, que no paraba de sonreír. Luego miró en la dirección opuesta y me vio allí; creo que vio también esa parte de él que permanecía en mis ojos, en mi nariz, en mi boca idéntica a la suya. En ese momento, yo estaba a punto de cumplir treinta y cinco años, la misma edad que él tenía cuando ocurrió nuestra desgracia. Me incliné sobre la cama y lo besé en la mejilla; su mujer nos preguntó si deseábamos tomar té frío, y papá respondió por ambos: con las hilachas de su antigua voz le dijo que trajera el té. Ella agarró a su hija por un brazo y se la llevó, pese a las protestas de la muchacha, quien tenía una edad indefinible y unas carnes lechosas, que daban la impresión de ser también un poco líquidas y heladas. Cuando nos quedamos a solas, papá insistió en lo mismo que me había dicho por teléfono la semana anterior: era una tontería que pagara habitación de hotel cuando en esa casa tenían una habitación de huéspedes. Me defendí con una frase que a sus oídos debió de sonar como un lejanísimo halago:

—Me gusta dormir en los hoteles pequeños.

Sonrió melancólicamente, y enseguida hizo el gesto de quien espanta un mal pensamiento, una oscura y risible tentación. Preguntó por mi trabajo y le expliqué que apenas habían pasado tres meses desde mi nombramiento como fiscal. Aún echaba de menos la práctica privada, y estaba habituándome a las llamadas en mitad de la noche para acudir a la escena de un crimen. Hizo un gesto para incorporarse y me adelanté para ayudarlo, lo calcé con almohadas y sentí el oprobio de sus huesos, sus miembros

138

consumidos, el olor acre que despedía su piel. Algo apenado mencionó que la enfermedad tenía sus altibajos, y que ésa era la peor crisis de todas las que había sufrido.

—Tal vez sea la última —añadió, con fingida naturalidad—. No puedo tenerme en pie.

En la mesita de noche había dos fotos. Una de él con su esposa, celebrando algún aniversario, a juzgar por el *corsage* que ella llevaba en el escote. Y la otra de él y mía, el día de mi graduación, una foto llena de luz, tomada en los jardines de la Universidad de Columbia. Me sorprendió mirándolas y musitó un comentario insólito en alguien que, como él, siempre había rehuido el tema principal de nuestras vidas.

—Todavía nos veíamos un poco muertos.

Y era verdad. Ambos sonreíamos con esfuerzo, como si nos hubieran obligado a detenernos junto a esos setos, bajo esa inmensa claridad, él trajeado y yo con mi toga, los dos afligidos y en cierto modo indiferentes.

—Tengo unas fotos para ti —apuntó blandamente hacia la cómoda—. Espera a que venga Helen para que te las dé.

Helen llegó al poco rato con dos vasos de té. La hija se quedó en la puerta, sin atreverse a pasar, pero sin dejar de mirarme. Papá le sonrió desde la cama, como si viera a una niña, y me explicó que aquella muchacha creía que yo era su hermano.

—Tampoco sabe lo que significa la palabra hermano. Pero cuando ve tu foto dice que lo eres.

La mujer de mi padre me miró algo apenada, me pareció que sentía la necesidad de disculparse. Papá se dio cuenta y cambió de tema; le pidió que buscara las fotografías, ya ella sabía cuáles. Helen sonrió agradecida y abrió una gaveta: el sobre estaba arriba de todo, esperando por mí. Lo recibí con cierto desencanto y lo puse sobre mis rodillas.

—Ábrelo —tembló la voz de mi padre.

Eran fotos de mi niñez todas ellas. La mayoría en la playa, junto a los huéspedes, o junto a Braulia, o en compañía de mi madre. En una que escogí al azar, me vi de pronto junto al Capitán. Era una foto del 49, retratados los dos a la orilla del mar. J.T. vestía unos *shorts* de óvalos, y su pelo parecía castaño oscuro, porque en las fotos no podía distinguirse el rojo. Calculé que, en ese momento, habían pasado veinticuatro años desde el día en que lo viera por última vez. Yo había crecido y estudiado leyes, había pasado por Vietnam, me había casado y tenía un hijo de cinco. Pero sentí vergüenza y aparté la foto, la escondí rápido para que papá no la viera, sin darme cuenta de que había sido él, precisamente, quien la había puesto allí, junto a las demás, con la intención de que la conservara.

—Hay una de tu cumpleaños —divagó en voz baja—. No estoy seguro de si era tu cumpleaños o el de Estela.

Era el mío. Lo supe en cuanto vi la foto, la desolación que había en el rostro de mi padre y la expresión renuente de mis propios ojos, mi boca apretada y dolida. Mamá se veía tan lejana, con un rictus de resignación, de pesar o de culpa. La miré intentando comprender, pero tampoco quise demorarme en ella. Guardamos las fotos, le di las gracias a Helen y escuché el mugido que salió de la garganta de su hija, un mugido de aprobación o de impaciencia, era imposible establecer de qué.

Volví a quedarme a solas con mi padre. Era la segunda vez que lo visitaba en su casa de Georgia. Luego de mi graduación, nos habíamos visto poco, y casi siempre era él quien viajaba a San Juan. Solíamos escribirnos, pero jamás tocábamos el tema del Capitán, y menos aún el del final de mi madre. Quizás alguna alusión sin importancia, nada que nos comprometiera para seguir hablando. Y ni siquiera durante aquella visita, consciente como era de que le quedaba poquísimo tiempo, quiso que pusiéramos las cartas sobre la mesa. De lo único que se empeñó en hablarme, en las horas que pasamos juntos, fue de sí mismo, de su infancia en Isabel Segunda, y del fervor nacionalista de Apolonia, su madre, que de niño le había enseñado el nombre de los colores utilizando las franjas de la bandera. Con cinco o seis años, mi padre solía preguntar cuándo vería aʾ su papá Khalil, y Apolonia, que ignoraba el momento en que aparecería el libanés errante, le contestaba la verdad: que no podía decírselo, porque aquel hombre siempre llegaba en el momento menos pensado, cuando le convenía pasar por Vieques, de camino a Santa Cruz, o cuando algún cliente de Isabel Segunda lo mandaba a buscar. Pero para que no pensara demasiado en Khalil, Apolonia le contaba la historia de Águila Blanca, su amante revolucionario del 98, y le enseñaba un retrato de aquel hombre, una antigua foto coloreada a mano que, con el pasar del tiempo, en sus años de locura senil, ella misma extravió. Apolonia, según papá, había sido un animal político toda la vida, quizá porque su propio padre, mi bisabuelo, militó en la Liga de Patriotas desde su fundación, y celebraba sus reuniones independentistas en la casa de huéspedes de Isabel Segunda, la misma que más tarde heredaría mi abuela.

—Un día me llevó hasta el muelle de Punta Arenas —recordó papá y adelantó su mano, soñando la mano de Apolonia—. Me advirtió que íbamos a esperar por alguien importante y creí que se trataba de Khalil (a veces le decía Khalil, y a veces papá Khalil, nunca papá a secas), por eso fui contento, pero mamá no se dio cuenta.

—Las madres nunca se dan cuenta —murmuré, en un tono tan lúgubre que mi padre sufrió un sobresalto, como si sólo en ese instante, en esa cama, en ese pueblo tan apartado del lugar al que pertenecíamos, hubiera percibido que a su hijo aún lo punzaba el rencor.

—Es que ella estaba en las nubes —añadió, disculpando

a mi abuela–. Pedro Albizu Campos llegaba a Vieques para agrupar a las mujeres nacionalistas, era la primera vez que las organizaba en asamblea. Ni siquiera en la Isla Grande lo habían hecho. Y Apolonia fue la primera en llegar al muelle, la primera en recibirlo, conmigo a su lado, que me decepcioné al descubrir que no era Khalil el que llegaba, sino otro libanés. Albizu parecía un buen moro.

Quiso echarse a reír y no pudo. Se quedó un poco atorado y me clavó una mirada de miedo. En ese miedo vi las ganas de decirlo todo, de vomitarlo todo para después morirse.

–Era mediados de noviembre y estaba lloviznando. Él bajó de la lancha y se quedó mirando hacia el grupo de mujeres que lo esperaba. Algunas habían llevado a sus hijos chiquitos. Yo tenía catorce años y ya era mayor, me sentía mayor, pero Roberto, ¿te acuerdas de él?, era un niño de siete u ocho, y acudió al muelle con su madrina, porque era huérfano. Albizu lo llamó y le tocó la cabeza. Ese toque bastó. El nacionalismo se le metió en el cráneo.

Después de cada frase, papá se humedecía los labios. Vi que tenía una lengua pálida y reseca, cubierta ya de esa saliva espesa, que es la saliva de los moribundos.

–Pasó dos noches en Isabel Segunda, una de ellas en la casa de huéspedes de tu abuela. El sábado celebraron sus actos en la plaza pública, y el domingo fue la asamblea en el teatro. En las afueras del teatro nos hicieron una fotografía a Roberto y a mí, la guardé durante mucho tiempo, pero al final tu madre le echó mano, no sé dónde la metería. Esa única noche que Albizu pasó con nosotros, Apolonia no pudo pegar ojo. Iba de un lado para otro, se acercaba a su habitación para ver si necesitaba alguna cosa, y, como lo encontraba dormido, me llamaba para que lo viera. Poco había que ver, después de todo: un hombre inmóvil con un pijama a rayas. Muchos años después, cuando ya tu abuela había muerto, le conté a Albizu lo que habíamos hecho: espiarlo mientras descansaba. Él le restó importancia y dijo que tal vez por eso yo estaba de su lado, porque lo había visto despojado de su conciencia, en el mundo donde todos los hombres son iguales, que es el mundo de los dormidos.

Mi padre terminó de hablar y se hundió en una especie de sopor. Su mujer me explicó que eso le ocurría a menudo, por la debilidad. Esa noche, en el hotelito de Milledgeville, volví a mirar las fotografías, fui deteniéndome en todas, pero sobre todo en aquella en que estábamos juntos el Capitán y yo. Escruté su mirada, que era casi inescrutable, y me fijé en su cuerpo, trenzado de músculos, pero con bastante grasa alrededor de la cintura: tenía una barriguita sólida y vulgar. Y contra esa barriga, pensé, nacida del desparpajo más que de los atracones, se había apretado el vientre liso de mi madre. Contra esa barriga seguramente había apoyado su cabeza y dormitado. Los estuve imaginando así, como dos holgazanes satisfechos, aunque fuera miserable que los imaginara.

Al día siguiente, cuando volví a su casa, papá se empeñó en hablarme de las razones que habían tenido los nacionalistas para adelantar la fecha del levantamiento. Me contó a fondo lo que ya había dicho en otras conversaciones que sostuvimos en diferentes épocas: que exceptuándolo a él, y a unos pocos de los que nadie nunca sospechó, el resto de los hombres había estado vigilado día y noche, y al final la policía logró incautarse de un automóvil con pistolas y balas que era de ellos. O empezaban la revolución en ese mismo instante, o los metían a todos en la cárcel, sin haber tenido la oportunidad de hacer un solo disparo y sin haber podido levantar un dedo contra la Ley 600, que era «cosa ilusoria», como había dicho Albizu, porque con ella se le daba paso a una constitución que nunca les permitiría ser libres.

—Fracasamos —se entristeció papá—. Ojalá Apolonia

me haya perdonado, porque empezamos a lo loco. Fue una locura de principio a fin, y luego el mundo se nos vino encima. El mundo era el FBI, la policía, la guardia nacional. Nos machacaron y nos borraron. Nos dieron por muertos, y muertos nos quedamos.

Helen, la mujer de mi padre, cocinó un gran almuerzo. Fue la última vez que papá salió de la cama y, aunque estaba muy pálido, se mantuvo sentado a la mesa hasta que terminamos. Más tarde, ya en su habitación, me preguntó si de casualidad no había visto al barbero.

—Vidal murió —le dije.

—Claro que sí —reconoció—. Murió de aquélla, ¿o no? Perdóname, estoy confundido. Son las pastillas.

Sin embargo, sé que estaba perfectamente en sus cabales cuando me preguntó si había vuelto a toparme con el Capitán.

—J.T. nos ayudó al principio —continuó como si mi respuesta en realidad no le importara mucho—. Lo hizo por su amistad conmigo. Y no nos delató, como pensaba Estela. Si lo hubiera hecho, a mí me hubieran detenido entonces, y no estaría hoy aquí, muriéndome del maldito lupus.

Dijo «maldito lupus» con desdén, mostrándome los brazos escamosos, acribillados de pinchazos. Antes de salir de aquella casa le prometí que volvería en dos semanas. Pero no volví en dos, ni en tres, y a la cuarta semana él falleció. Lo tenía todo dispuesto para que lo enterraran en ese mismo pueblito de Milledgeville, al que volví con el tiempo justo para encabezar el cortejo fúnebre hasta el cementerio. La esposa de mi padre parecía exhausta y no lloraba. Su hija, en cambio, bramó y gritó cuando empezaron a bajar el ataúd. Más tarde se organizó la merienda —el verdadero funeral americano—, a la que acudieron varios amigos de mi padre. Después de vender el hotelito, y hasta que el lupus lo sacó de carrera, papá se había ganado la vida en el negocio de bienes raíces. Entre esos hombres que yo no conocía, pero que habían sido sus compañeros de trabajo, estaba un viejo monumental, de barba mortecina y espejuelos de cristales verdes, que me había llamado la atención desde que lo vi en el cementerio y que, más tarde, durante la merienda, coincidió conmigo junto a la mesa donde nos servíamos ensalada de pollo. Luego de servirse, él sacó un frasquito del bolsillo y espolvoreó su plato. Al levantar la vista, me sorprendió mirándolo.

—*Mustard seed* —sentenció con esa voz de piedra sobre piedra que parecía salirle del estómago—. *What happens after death is always a confirmation.*

Todo se agolpó y estalló en mi cuerpo. Me dolieron los huesos y los dientes, y caminé hacia el pasillo, en busca de la habitación de mi padre. Abrí la puerta de un empujón y me senté en la cama que aún conservaba sus últimas huellas. Lloré bajito, a solas, varios minutos estuve desahogándome y luego volví a la sala. El hombre de las semillas de mostaza ya se había marchado, y la hija de la viuda se acercó y me miró a los ojos. Estoy seguro de que comprendió que había llorado, porque levantó la mano y con sus dedos torpes me rozó las mejillas. Lo hizo como si secara lágrimas invisibles, como si la imbecilidad se hubiera esfumado por un instante de su cabeza. No sonreía, ni yo tampoco le sonreí. Tuve la corazonada de que un milagro estaba ocurriendo en ese instante, a consecuencia de una muerte, la de mi padre. Y aquel milagro era la ilógica confirmación de que el pasado continuaba vivo.

## 8

En septiembre cumplí doce años. Papá me regaló un libro: *Moby Dick*. Mamá no se había ido, y ése fue tal vez su mejor regalo, pero además me consiguió unas gafas de sol que le había pedido mucho tiempo atrás. Braulia preparó un bizcocho con merengue azul, y las camareras inflaron globos y colgaron cadenetas de papel en el vestíbulo del hotelito. Vinieron mis compañeros del colegio, nueve o diez muchachos con sus padres. Entre ellos había un niño flaquito, con ojeras de tísico, que me trajo de regalo una bola de béisbol. Me la puso en las manos y me miró con odio. Más tarde, cuando nuestras madres se apartaron para conversar, corrió a quitármela y la escondió en uno de sus bolsillos. Nadie se dio cuenta de la maniobra, y un simple empujón de mi parte hubiera bastado para impedir que se la llevara —era una pluma ese muchacho—, pero me dio lo mismo.

J.T. también se presentó, casi al final de la tarde. Acababa de llegar de Santa Cruz, estaba despeinado y hasta un poco sucio. Siempre tenía un aspecto muy cansado cuando llegaba de volar, pero ese día además se le veía soñoliento y hosco. Daba la impresión de que estaba allí para pedirnos cuentas, o para pelear por algo, más que para celebrar un cumpleaños. Dijo que tenía un regalo para mí y me entregó un pez disecado, en forma oblonga, que más bien parecía un dirigible en miniatura, todo erizado de púas y de color morado. Me informó de que era una especie venenosa y que se inflaba cuando iba a descargar su veneno. Le busqué los ojos al pez, y hallé dos bolitas negras incrustadas debajo de las espinas más grandes, que en la cabeza parecían un par de cuernos. Le pregunté al Capitán si eran los ojos reales y me contestó que no, porque ésos no podían disecarse. Fue una conversación bastante fría por ambas partes, durante la cual me di cuenta de que olía a sudor, y además intensamente a licor. Ahora comprendo que bebía en pleno vuelo. Muchas veces ponía la radio y escuchaba juegos de béisbol mientras volaba de una isla a la otra, apurando algún buche de whisky, con el avión sobrecargado. Papá comentó en una ocasión que J.T. siempre lo sobrecargaba.

—Vi submarinos —anunció aquel día—. Se ven claritos desde arriba.

Tal vez fuera un anzuelo. Pero, si lo era, lo mordí en el acto. Le pregunté al Capitán si podíamos ir en la avioneta a ver esos submarinos. Celebrábamos mi cumpleaños y sabía que papá no se iba a negar. Menos se negaría mi madre, porque se trataba de J.T., y todo lo que se hiciera con él, o para él, contaba con su bendición. Eran otros tiempos y volar no era tan común como es ahora, pero en mi familia aquellos vuelos cortos se tomaban con naturalidad. Para nosotros era más rápido y sencillo subir a la avioneta de J.T. que desplazarnos hasta Punta Arenas para coger la lancha de pasaje que solía hacer el trayecto a la Isla Grande. El Capitán accedió a que fuéramos al día siguiente en lo que él llamó «un vuelo de reconocimiento». Pregunté si los submarinos seguirían allí.

—Siempre están —sonrió papá—. No debes preocuparte por eso.

J.T. durmió aquella noche en el hotel. Todo lo que cenó fue el bizcocho de cumpleaños con merengue azul. Luego comentó que se daría un duchazo y se metería en la cama, y entonces mi madre lo invitó a que cenara con nosotros.

Lo hizo en presencia de todos: de Braulia, de papá, de mis amigos del colegio y de algunas de las madres que los acompañaban. Él le dio las gracias, pero había estado volando todo el día y sospechaba que iba a quedarse dormido tan pronto pusiera la cabeza sobre la almohada. Miré a mamá: pensé que nunca la perdonaría. Miré a papá: lo odié por perdonarlo todo.

Al día siguiente, que era domingo, el Capitán mandó a Braulia a que me despertara. Aún no daban las siete, pero no me importó madrugar, me vestí rápido, comí apresuradamente unas galletas, y en la puerta me topé con mi padre, ya espabilado, que se había ofrecido para llevarnos en su camioneta hasta la pista de Mosquito. El Capitán lo invitó a que viniera con nosotros, quince o veinte minutos de vuelo, lo imprescindible para sobrevolar los submarinos y verlos desde lo alto. Papá no respondió enseguida, pero luego aceptó y me compadecí de él. A la vez que me compadecía, tuve un pensamiento ruin: ¿cuál hubiera sido mi vida si en lugar de ser hijo de mi padre, lo hubiera sido del Capitán? Mientras la avioneta carreteaba para despegar, miré la cara de J.T., que no era una cara de padre. Estuve haciéndome las preguntas que nunca me había hecho: ¿hubiera preferido mi madre que yo fuera el hijo de ese hombre? Y, en caso de serlo, ¿me hubiera querido más porque, en lugar de parecerme a Frank Yasín, me pareciera a John Timothy Bunker, con su pelo rojizo y sus manos pecosas, de uñas ennegrecidas por el aceite del motor, voraces y bandoleras manos capaces de agarrar todo lo que se le ofreciera entre el cielo y la tierra?

Alcanzamos a ver los submarinos, no en el lugar donde J.T. los había visto la tarde anterior, sino más hacia el sur. Seguimos de largo, porque estaba prohibido sobrevolarlos en círculo, y cerca de las costas de St. Thomas divisamos una mancha de delfines. El Capitán descendió para que los viéramos saltar sobre los «pañuelitos», que él llamaba «*white caps*», y eran la espuma que se formaba en la cresta de las olas. Luego dimos la vuelta y pasamos una vez más sobre las gigantescas sombras que erraban en el fondo. Pregunté cuántos hombres cabían en los submarinos; si los había más modernos que esos que estábamos mirando, y si había alguna diferencia entre sumergirse en los mares calientes, como los que rodeaban las islas, o hacerlo en los mares más fríos, llenos de trozos de hielo, y que veíamos en las películas. Entre papá y J.T. me contestaron buenamente lo que pudieron, o lo que fueron capaces de inventarse; ninguno de los dos sabía gran cosa de submarinos. El Capitán puso la radio, oímos música, soplaba una buena brisa esa mañana y el Cessna volaba sin movimientos bruscos. Por unos minutos, me pareció que volvíamos a ser los de antes; los mismos que habíamos sido justo hasta la Navidad pasada: amigos de muchos años mi papá y J.T., y yo el hijo sin estupor, el muchacho sin ninguna herida, ni la menor sospecha.

Cuando estábamos aterrizando en Mosquito, el Capitán dijo una frase rápida que no logré entender. Mi padre le respondió en inglés, mascullando otra frase apresurada. Levanté la cabeza con curiosidad, alzando la nariz como una liebre que olfatea el peligro. Lo único que pretendía era captar en el aire algún significado, pero ambos siguieron hablando en un inglés lleno de palabras truncas o incomprensibles. Me di cuenta de que lo hacían aposta para mantenerme al margen. Al bajar de la avioneta, los dos estaban sombríos y sentí en mi interior un sobresalto, la presencia de una oscura amenaza que, al igual que la silueta de los submarinos, se movía calladamente bajo nuestros pies. Tan pronto regresamos a Martineau, el Capitán arrancó en su viejo Willys hacia Isabel Segunda, donde dijo que recogería un mandado. A través de la ventana estuve mirando la estela de humo y polvo que dejó el vehículo. Mi padre se había sentado a escribir una lista de las provisiones que se necesitaban en el hotel, y yo busqué a mamá para contarle de los submarinos, pero no la encontré en toda la casa. La busqué en su habitación y en la cocina, los domingos por lo general tampoco se sentaba a coser. Se me helaron las manos. Desde hacía meses se me helaban cada vez que la perdía de vista. Volé a preguntarle a Braulia si sabía algo de ella.

—Fue a misa —me informó escuetamente.

—Nunca va a misa —protesté.

—Pues ahora va, ¿qué te parece?

Braulia estaba limpiando unos pollos. En el pasado, me gustaba observarla cuando lo hacía: el jardinero le entregaba el animal ya desplumado y ella le cortaba, primero, el pescuezo; luego las patas, y al final lo abría con el cuchillo y metía su mano por el agujero, derecho hasta las entretelas. Se escuchaba un ruido sordo de ventosas que se desprendían, y ella entonces retiraba la mano y me la mostraba, desbordante de vísceras.

—Ahora el que más y el que menos debe rezar —declaró Braulia en un tono solemne—. Van a pasar algunas cosas, las estoy viendo en estas tripas.

Las alzó en su mano y las colocó frente a sus ojos, mientras sobre la mesa iban cayendo unas gotitas de sangre. Todo aquello me dio asco y ganas de devolver; en el fondo, además, me estaba dando miedo. Hubiera querido preguntarle quién había llevado a mi mamá a la iglesia, ya que nosotros habíamos estado usando la camioneta. Pero intuí que Braulia no me iba a contestar ni ésa, ni ninguna otra pregunta. Ella, a su manera, también estaba sufriendo la ausencia de Gertrudis, que había dejado el hotelito un mes atrás y había vuelto a su hacienda, a ese reino suyo que desconocíamos, y desde allá quizá le escribía, o quizá no. De eso no me daba cuenta a mis doce años. Ahora pienso que sí, que le escribía, y que posiblemente en una de esas cartas le dio el ultimátum: o dejaba su trabajo en el hotel y se mudaba con ella, o ya no volverían a verse. En diciembre, a las pocas semanas de que nuestro mundo se viniera abajo, Braulia se despidió de mi padre, hizo sus maletas y se largó a vivir con Gertrudis.

—Tú también deberías estar en la iglesia —rezongó, enjuagándose las manos—. ¿Adónde fuiste con el Capitán?

No quise contestarle. Di media vuelta para salir de la cocina y cuando cruzaba por la puerta, me aguijoneó su voz:

—No me lo digas, Andrés, no me hace falta. Tu Capitán siempre me lo cuenta todo.

Me detuve y le grité un insulto. Se lo grité en inglés, con una enorme mueca de furor: «*Bitch!*». Ella entornó los ojos, era tan fuerte como un hombre, se sonreía con malicia.

—Puedes decirme lo que quieras. Ya el Capitán y yo hablaremos.

El odio me reconcomía el estómago y mis propias vísceras, en las que nadie habría de ver un porvenir.

—*Bitch, bitch, bitch!*

*Yo sospechaba que estaban vigilando a tu padre. Puede que fuera cierto, puede que no. Pero se lo advertí. Y me acuerdo de las palabras exactas que le dije: «Estás en la mirilla, Frank». Lo estuvimos hablando en la avioneta, cuando veníamos de regreso de un vuelo a Santa Cruz. Hablamos en inglés, utilizando unas frases poco usuales, para que no te enteraras de lo que ocurría. Estabas entre nosotros, ya no recuerdo ni por qué demonios nos acompañaste. Sólo recuerdo lo que le dije a tu padre: que había visto a dos tipos rondando el hotel. Tal vez fue la presencia del barbero, o la presencia de Roberto, recién salido de la cárcel, lo que atrajo a la policía. Tu padre también sospechaba que lo vigilaban, me di cuenta por la forma en que reaccionó aquel día, un poco asustado, en cierto modo hostil. Para colmo, existía una gran tensión entre tu madre y él. Eso flotaba en el aire y todos se percataban de ello; tal vez tú no, porque eras un niño. Pero Estela se estaba preparando para huir, y conmigo llegó a sincerarse. De una manera muy dura y muy tajante, pero lo hizo. Tenía planes de abandonar casa y marido, no abandonarte a ti del todo, pero dejarte por lo pronto en Martineau, sabía que allí estarías seguro, eso era todo lo que conocías. Quería marcharse antes de la revuelta, pero ocurrió que la revuelta hubo que adelantarla, las cosas se complicaron y se tuvo que conformar con el compás de espera. Ella sólo esperaba por una señal de Roberto; a él le correspondía decidir la fecha. Aunque ni siquiera tenían un lugar para vivir. Él se quedaba con amigos, una semana aquí y otra allá. Y estoy seguro de que alguna mujer habría que le ofre-*

ciera cobijo, porque era bien parecido; de acuerdo con las camareras del hotel, un tipazo de hombre. Por lo que pude averiguar, estaba casado, y esa esposa suya, o alguna otra, quizás una amante de Isabel Segunda, fue a Martineau para ver a tu madre. Roberto era de por allí, del barrio Luján, mucho más joven que nosotros, murió con veintisiete o veintiocho años; como quiera que lo mires, un muchacho. Esa mujer, la que fuera, interceptó una carta de tu madre, unas líneas donde seguramente ella le hablaba de la huida. Según Braulia, vino hasta el hotelito y la amenazó con el escándalo y con contárselo a tu padre. Pero Estela la despidió a empujones, no sin antes asegurarle que llegaba tarde, porque ella misma se había encargado de contárselo todo a su marido. Sea como fuere, Roberto tampoco tenía un trabajo fijo: los nacionalistas estaban fritos en muchos sentidos, pero él más que nadie, por haber estado preso. Con esa situación, le era difícil rehacer su vida con ninguna mujer. Si es que realmente pensaba en rehacerla, porque ahora no estoy seguro. Tu madre, con todo lo sublime y cerebral que parecía, también era mujer un poco fantasiosa. Enterrada en ese hotelito de playa, viviendo un día tras otro la rutina de la casa junto con la rutina de los huéspedes, que ya era una rutina doble, se aferró quizás al único idilio en el que no existía la menor posibilidad de salvación.

Sé lo que estás pensando: que éstos son los últimos cartuchos del despecho de un viejo miserable. No te lo niego: debe de quedar un gran despecho en mí. Pero mira un momento hacia atrás, párate a pensar en lo que era la vida de Estela, sabiéndose bonita y sintiéndose joven. ¿Sabes lo que leí una vez, en una de esas revistas de viajeros? Que los empleados y los dueños de los hoteles pequeños, gente que pasa mucho tiempo en esos lugares, terminan enfermándose de hastío. Que el ir y venir de los huéspedes, en lugar de darles una sensación de cambio, los hunde en la monotonía. Hubo un tiempo en que fui consciente de romper esa monotonía. Aparecía en la avioneta, con mis historias y mis borracheras, y espantaba el hastío de tu madre. Pero con los años, y la manera en que me aficioné a estar a su lado —la manera en que me enamoré, en suma—, me volví tan monótono como tu padre. O tan predecible como tú. No hay nada más predecible para una madre que su propio hijo. Aunque eso no quiere decir que Estela no te quisiera; quiere decir que ni siquiera tu presencia era capaz de retenerla. Había dicho alguna vez que le hubiera gustado ser actriz. Ese Roberto tenía algo de actor, creo que había trabajado en teatros, o en las novelas de la radio. Fue un tipo de carácter, y lo poco que hablaba, lo hablaba con su voz perfecta. Tan perfecta, que abría la boca y el resto nos desvanecíamos.

El mismo día que le advertí a tu padre sobre los tipos que rondaban el hotel, coincidí con Estela en Isabel Segunda. Aunque coincidir tal vez no sea la palabra exacta: lo cierto es que fui a buscarla. Salí hacia el pueblo con la excusa de recoger unos bultos, pero ya estaba determinado a sorprenderla. Braulia me había dicho que tu madre había ido a misa, y, cuando me lo dijo, los dos nos quedamos mirándonos. Ella enseguida me lo vio en los ojos, adivinó lo que pasó por mi mente, pero no se atrevió a pedirme que me quedara quieto, que no interviniera en la vida de Estela. Conste que su preocupación no era tu madre, todas sus lealtades estaban con Frank, y era a Frank a quien ella intentaba proteger. Me vio coger aire, y me vio como nunca antes me había visto: inquieto y malherido. Cogí el jeep y manejé como un loco hasta el pueblo. Fui derecho a la casa de esa mujer que era amiga de Estela, más amiga de Roberto que de ella. Se llamaba Antonia, y no me conocía de nada. Me abrió la puerta y la empujé sin decir palabra. Ella intentó protestar, pero el tiempo apremiaba y prefirió proteger a un niño que estaba jugando en la sala, arrastrando un carrito por el suelo. No sé si era su hijo, la vi un poco vieja para ser la madre de una criatura de dos o tres años. Lo cargó y se escabulló a la calle. Yo seguí hacia el fondo de la casa; por el camino abrí una puerta, era una habitación de matrimonio totalmente ordenada, no había nadie dentro. Abrí otra puerta que resultó ser la de la habitación de un niño, tal vez del mismo que había visto antes, y de otro mayor, pues había dos camas y diferentes clases de juguetes, y me perturbó sobremanera la visión de un velocípedo que estaba colgado en la pared.

Al final del pasillo distinguí una claridad que vinculé a la luz de un patio, de una cocina, de un comedor abierto y lleno de sol. Me dejé guiar por el olfato, podía oler a tu madre, sabía que la hallaría de un momento a otro y que, al hallarla, estaría fumando un cigarrillo y sonriendo tras la imprecisión de las volutas. Se terminó el pasillo y desemboqué, efectivamente, en un jardincito con trinitarias: tal como lo imaginé, vi la cocina y al lado un comedor pequeño. Tu madre estaba sentada, con una taza de café delante. Roberto estaba de pie, él era quien fumaba, y el humo de su cigarrillo, como si obedeciera un mandato, volaba hasta Estela y le nublaba el rostro. Si se sorprendieron de verme llegar, no lo demostraron. Ambos volvieron la cabeza, pero no vi sobresalto ni vacilación, ni siquiera coraje. Roberto se llevó el cigarrillo a los labios y aspiró el humo con todo el aplomo del mundo. Tu madre me dirigió una mirada de superioridad, y enseguida, con la voz todavía tibia de haber estado hablando con el otro, dijo esto:

—¿Qué estás haciendo aquí?

En cierto sentido, debí de preguntarme eso mismo. ¿Qué carajos estaba haciendo entre esos dos, frente a tu madre, bajo la mirada recelosa de aquel tipo que lo había captado todo al vuelo? Él sí sabía lo que estaba haciendo. Su mirada me dijo que lo sabía y que esperaba que saliera de allí cuanto antes.

—¿Pasó algo en Martineau?

Empecé a desmoronarme. Aquella pregunta de tu madre y la arrogancia con que la pronunció sólo indicaban una cosa: yo no era nadie, no era ni siquiera su marido, sino un intruso, un imbécil interrumpiendo algo vital, olfateando un aroma privado, feroz, inalcanzable. Posé la vista alternativamente sobre ella y sobre él. Pero al final me concentré en la cara de Estela, en sus labios pintados de anaranjado claro, y en la decisiva furia que localicé en sus ojos. Me di cuenta de que me estaba echando de ese

156

*lugar y de su vida, y hasta del hotel, y de la isla entera si era necesario.*

*—You —rugí, era un rugido que salió envuelto en humo y peste—. You fucking bitch.*

*Ella atajó a Roberto, que hizo el gesto de venir hacia mí. Lo atajó como una reina, con su blanquísima mano, sin mirarlo, porque no dejaba de mirarme a los ojos. Movió los dedos, indicándole que se quedara quieto, y ese movimiento también fue una señal para mí. Comprendí que había caído a lo más bajo, y que mi hundimiento total era cuestión de minutos.*

*—Estás borracho —suspiró tu madre—. Vuelve al hotel y pídele a Braulia que te haga un café.*

*De no haber estado tan destrozado por dentro me hubiera echado a reír. Me envolvió la brisa con un rastro de perfume, y ese perfume actuó como un pequeño engaño. ¿Quedaba una mínima posibilidad de arreglo? ¿Una invisible esperanza con tu madre? Ahora miro hacia atrás, cincuenta años atrás, y veo a una persona débil, un hombretón sumiso, un miserable que sale de aquella casa tambaleándose, como si de verdad lo agobiara la borrachera y no el horror, el machetazo que divide el cráneo. Salí dividido, y por algún tiempo tuve la sensación de caminar así, como picado en pedazos. Pasó por mi mente la posibilidad de denunciarlos, no puedo negarte que lo pensé. Todos estaban fritos, limpiando sus pistolas y fabricando bombas para empezar su mierda de revolución. Levantaba yo un dedo y me deshacía de Roberto. Pero estaba Frank de por medio, y hay fidelidades que no pueden tocarse. Me preguntarás, Andrés, qué clase de fidelidad era esa que excluía a la esposa. Y la verdad es que no sabría qué responderte, porque Estela siempre fue un asunto aparte, ajeno a mi devoción por tu padre, a la relación de hermanos que vino con los años. A ella la recuerdo posando para la cámara, contigo en brazos, de espaldas al mar y de espaldas al barco de guerra en que viajaba el presidente Roosevelt. Tú estabas de un año, o año y pico. Ella tendría apenas veinte. La vi de perfil y me fijé en su nariz, que era muy recta y mística, y que guardaba*

157

*las distancias. Esa impresión fue la primera, y lo que me inventé*
*después —mis continuos vuelos entre Vieques y la Isla Grande, y*
*entre Vieques y Santa Cruz, cuando pude haberle sacado mayor*
*provecho a la avioneta volando a las de Barlovento— fue una*
*coartada para volver a verla. Mi necesidad de tenerla cerca, o de*
*escuchar su voz (a veces, simplemente, me contentaba con oírla),*
*me unió más a tu padre. No quiere decir que fuéramos cómpli-*
*ces, hay palabras que con el tiempo se malinterpretan. Pero tuvi-*
*mos una conexión, digamos, inusual; nos entendimos mejor el*
*uno al otro, y ahora pienso que detrás de aquel entendimiento*
*había una complacencia, una seguridad, un imposible pacto.*
*A esta edad mía, con las carnes recomidas por el cáncer, es*
*cuando comprendes que lo que nos mueve son los pequeños pac-*
*tos, y que la ruta de un hombre está basada en eso.*

*Cuando dejé a tu madre y a su amante —me perdonarás que*
*llame a las cosas por su nombre—, volví al hotel y, en efecto, le*
*pedí a Braulia que me hiciera café. Ella solamente tuvo que*
*echarme una ojeada para saber que había encontrado a Estela en*
*Isabel Segunda, y que además de haberla encontrado, o acaso por*
*eso, estaba a punto de convertirme en un guiñapo. Puso la taza*
*delante de mis ojos, se quedó mirándome mientras yo bebía sor-*
*bitos elementales, estábamos solos en la cocina y utilizó una voz*
*ambigua, me pareció que fantasmal:*

*—Esto no va a durar.*

*Quién sabe a qué se refería. A la relación de Estela con el*
*amigo de su infancia; a la situación de tu padre, que en cierto*
*modo era más desairada que la mía; o a mi propia cabeza con-*
*vertida en polvo, en humillado polvo.*

*—No va a durar —porfió, vertiendo más café sin que se lo pi-*
*diera—. El pobre Andrés lo sufre más que usted.*

*Ella pensaba en ti. La gente le da prioridad a los niños, so-*
*bre todo en momentos como ésos. Terminé el café, subí a la habi-*
*tación en busca de mi maletín y me largué por donde había*
*venido. Manejé ciego hasta la pista de Mosquito. Y más tarde,*
*cuando despegué, apreté los párpados y mantuve adrede la ce-*

158

*guera. El Cessna ni se inmutó. Era una buena bestia ese aparato, y como buena bestia la vendí, años más tarde, a un coleccionista en Brownwood. He sabido que aún vuela, y que ya no se llama* Little Parrakeet, *sino* Calamity. *Ése también debería ser mi nombre.*

# 9

A mediados de octubre soñé con la excursión y con la luz del agua. Soñé con las sandalias de mi madre, que en el sueño se caían al mar, y soñé por último con los cangrejos, atrapados en cajas de cartón. Ese sueño era el recuerdo de un viaje del pasado, una excursión que organizó mi padre cuando yo tenía unos ocho o nueve años. Los huéspedes quisieron conocer la bahía luminiscente, y papá al principio les dijo que era un viaje difícil. Pero una tarde, sin previo aviso, les sugirió que durmieran la siesta, pues esa noche iríamos a Barracuda. Ése era el nombre de la bahía.

Como no cabíamos todos en la camioneta, papá alquiló otros dos vehículos. Por ese tiempo se hospedaba en el hotel una familia americana con tres niños; dos mujeres, madre e hija, que venían desde New Jersey, más una artista de San Juan (artista la llamaba Braulia), una vieja cantante misteriosa que andaba día y noche con pamela, y por lo tanto iba exigiendo espacio.

Salimos al atardecer y tan pronto acampamos en Barracuda se hizo de noche. Braulia había preparado sándwiches y llevó varios termos con café, así que los huéspedes pasaron el tiempo comiendo y conversando entre sí, o comiendo y jugando al póquer. Papá había contratado a un pescador para que nos recogiera en su lancha, cerca de la medianoche, y nos llevara al centro de la bahía, desde donde mejor se percibía el fulgor del agua. La familia americana tenía un niño de mi edad (los otros dos, que eran gemelos, estaban todavía pequeños), y con aquel muchacho me entretuve acechando a las iguanas y recogiendo cangrejos, que guardamos en las cajas vacías de los sándwiches. No olvido el olor de aquellos animales; el bisbiseo de sus pasos dentro de las cajas que aún contenían migajas. No olvido tampoco la figura de mamá, con pantalón a media pierna y sandalias; y con su pelo rubio envuelto en una redecilla, sosteniendo la taza de café en una mano y el cigarrillo en la otra, embelesada con la fosforescencia de las olas, que era como un hervor. A las once en punto llegó el pescador, ancló su embarcación a pocos pies de la orilla y todos tuvimos que entrar en el agua para subir a bordo. Soplaba la brisa, pequeños ventarrones que nos erizaban la piel, pero como el día había sido caluroso, el agua estaba tibia. Caminábamos con los zapatos en las manos y, al llegar a la lancha, el pescador nos ayudaba a subir. A los niños simplemente nos izaba agarrándonos por los sobacos. Yo estaba ya en cubierta cuando le tocó el turno a mi madre, que traía el pantalón mojado. Me lanzó sus sandalias para que las mantuviera a salvo, y sentí cierta aprensión, una rara vergüenza cuando las apreté contra mi pecho. Luego de eso la ayudaron a subir: desde abajo la empujó mi padre, y el pescador, desde arriba, la tomó por ambos brazos. Cayó a mi lado, muerta de la risa, le entregué sus sandalias y nos echamos a un lado para hacerles lugar a los huéspedes. El pescador, sin embargo, había dejado de prestarles atención a los que intentaban subir y se concentraba en el rostro de mamá, como si acabara de reconocerla. Tal vez sólo reconoció su risa. Ella se reía bastante, secándose los pies mojados.

—¿Se acuerda de mí? —sonrió el hombre—. Soy Joaquín, el pescador de Media Luna. ¿No viene hoy con usted Mister Bunker?

Hizo la pregunta y miró a su alrededor, buscando al

Capitán. Mamá dejó de reírse, dejó de respirar. Bajó la cabeza y ya no tuve forma de mirarla a los ojos, ni de ver cómo se le contraía el rostro, que de seguro se le contrajo. Por esa época todavía me entusiasmaba la presencia de J.T., así que pegué un brinco en la lancha, miré también en dirección a la orilla y lo busqué en vano.

—¿Va a venir el Capitán? —toqué a mi madre en el hombro—. ¿Verdad que viene?

Ella levantó la cabeza y me ordenó que me quedara quieto, pues se estaba mareando. Al pescador le dirigió una mirada cargada de rencor; una glacial mirada que aquel hombre no fue capaz de sostener. Oí cómo balbuceaba: «Usted perdone», y lo vi encogerse, doblarse sobre sí mismo, desaparecer del todo. Insistí con mi madre en lo del Capitán, quise saber si iba a llegar o no, y ella respondió que no y que me callara. Al poco rato zarpamos hacia el centro de la bahía, íbamos despacio, hablando entre nosotros y ansiosos por ver el espectáculo. La costa había quedado lejos cuando el pescador lanzó unos cubos por la borda, los llenó de agua y los izó para verter el líquido sobre cubierta. Todos metimos las manos para bañarlas en la luz licuada, todos menos mi madre, que parecía aturdida y sólo sonreía por obligación, con la cabeza puesta en otra parte. Navegamos un buen rato y, antes de regresar a tierra firme, la vieja cantante misteriosa se quitó la pamela y rogó que le echaran uno de aquellos baldes de agua por encima. Cerró los ojos y se dejó empapar, y en consecuencia estuvo brillando unos instantes, como una decrépita virgen, con su canoso pelo cubierto por el resplandor. Luego se secó con las toallas que llevaba Braulia y cantó en el silencio de la noche una leve canción en alemán (papá me susurró que era alemán) que hizo llorar a las mujeres de New Jersey, y que en cierto sentido demudó a mi madre.

Ésa fue la última vez que vimos Barracuda, puesto que

la bahía quedó dentro de los terrenos ocupados y, a las pocas semanas de nuestra excursión, la Marina prohibió completamente el paso. Pero en octubre del 50, tres años más tarde, reviví en mis sueños el paseo, si bien no era del todo igual: en lugar del muchacho americano, la que acechaba conmigo a las iguanas era Santa, y era ella quien depositaba en mis manos un cangrejo inmóvil y aromático, duro como una piedra. Se lo conté a mi padre (todo el sueño, menos la parte en que aparecía Santa) y le pregunté si algún día podríamos volver. Él respondió que seguramente volveríamos, a Barracuda y a Puerto Diablo, donde me habían retratado de chiquito, y a otro lugar que no tuve tiempo de conocer entonces y que se llamaba Playa Púrpura, con arenas rojizas que coloreaban la piel de las personas y provocaban un sangriento espejismo en el fondo del agua.

Desde el día en que la llamé *bitch,* Braulia y yo nos habíamos distanciado. Cierto que nunca se lo contó a mi padre. Pero fue peor que no lo hiciera, porque en venganza me retiró el saludo y, además de retirarme el saludo, se convirtió en una enemiga irónica, callada como las serpientes. Mamá estaba nerviosa; a veces se sobresaltaba sin ningún motivo si me veía entrar de improviso en su cuarto de costura, o si mi padre la llamaba desde el patio, siempre la había llamado desde allí. En esos casos, nos miraba primero extrañada, como si se asombrara de vernos, y luego respondía con hastío, con un desamor (no hay otro modo de calificarlo) que la transformaba en algo diferente, algo muy lejano de lo que había sido.

Santa, la difunta Santa, volvió con fuerza. Además de soñarla en la excursión a Barracuda, la seguí soñando en su casa de Isabel Segunda; en la barbería de Vidal, donde jamás estuvo; y, por último, la soñé metida en una urna de cristal, sin comer ni beber, en la actitud de Urbano, el Artista del Hambre. En los meses que habían transcurrido desde su muerte no había querido volver a casa de Matilde para dejar o recoger la ropa. Papá me había invitado a que lo acompañara, pero siempre le daba una evasiva, y terminó por darse cuenta de que en mi mente se había cerrado ese camino. Aunque a veces me tentaba la idea de comportarme como si nada hubiera pasado: volver a su casa, dar una vuelta por el patio y espiarla desde los lavaderos. Acercarme con precaución al cobertizo donde guardaban la lejía y, una vez dentro, respirar su olor. Me preguntaba si la fuerza de mi mente bastaría para borrar la tragedia y hacerla regresar. Uno se pasa la vida acariciando la misma fantasía: despertar a los difuntos, sacarlos de su indiferencia, enseñarlos de nuevo a caminar y a ver el mundo. Tuve ese mismo pensamiento meses después de la muerte de mi madre. Me habían dado de alta en el hospital y pude volver a Vieques y a mi casa, pero no al colegio. Pasaba los días sin hacer nada, metido en la playa o en el hotelito —excepto los fines de semana, que venían a verme algunos amigos de Isabel Segunda—; y, en los momentos de mayor tristeza, pensaba que si cerraba los ojos, apretaba los párpados y lo pedía con fuerza, mamá iba a aparecer en un lugar sencillo —su cuarto de costura, por ejemplo—, un poco despistada, pero en esencia igual, y entonces le contaría que Braulia ya no estaba con nosotros y había otra mujer en su lugar. Que Elodio Brito seguía cocinando y Gerónimo podando matas, pero que papá ya hablaba de vender el hotel y, si no lograba venderlo de inmediato, había dicho que lo cerraría por una temporada.

Por la época en que soñé con Barracuda pasaron muchos huéspedes por Martineau. Hombres y mujeres que se hospedaban por una noche en el hotelito y al día siguiente se marchaban. A fines de octubre se presentaron dos parejas, como dos matrimonios, muy amigos entre sí, algo mayores que mis padres. Después de registrarse y de soltar sus bártulos, se pusieron el traje de baño y corrieron a la playa, a la orilla que estaba llena de medusas. Mi padre, que casi nunca se metía en el mar, se puso un *short* de rayitas y salió tras ellos. A la hora del almuerzo se presentó Roberto. Llegó a la casa y pidió que le avisaran a Estela; se lo pidió a Braulia, que estaba por allí en ese momento y que me dijo secamente:

—Sube y avísale a tu madre.

Fui a buscarla y no tuve que decirle nada, porque tan pronto me vio la cara, adivinó que alguien había llegado. Pasó como un bólido por mi lado, bajó corriendo la escalera y, desde arriba, vi que le tendía la mano a Roberto, una mano que se me figuró que estaba fría. Ella carraspeó, se echó el pelo hacia atrás, la melena rubia que con la prisa se le había alborotado, y le dijo que Frank ya estaba en la playa con sus amigos de San Juan, y que sin duda lo estaban esperando. Roberto repuso que necesitaba cambiarse de ropa, y mamá le respondió que cómo no, que podía pasar al baño. Mientras se cambiaba, ella y yo nos sentamos en el sofá, con la vista clavada en la puerta, como si esperáramos el inicio de una gran función. Braulia, entre tanto, se metió en la cocina y volvió con una taza de café. La colocó sobre la mesita y esperó con nosotros, sin abrir la boca.

Roberto reapareció en pantalones cortos. Se había desabrochado la camisa y debajo llevaba una camiseta blanca. En lugar de sus zapatos de cordones, calzaba unas zapatillas de caminar por la arena. Braulia le señaló el café:

—Tómelo antes de que se enfríe.

Le hablaba con autoridad, como si se dirigiera a un niño, o a un criado. Mi madre también acusó ese tono, pues se volvió para mirar a Braulia y entre ambas cruzaron una mirada lenta, demasiado cargada, o demasiado difícil. Roberto terminó su café y le devolvió la taza.

—Muy bueno —murmuró—. Como siempre.

Después de que él se alejara rumbo a la playa, mamá

me pidió que subiera con ella a su cuarto de costura. Cuando llegamos, cerró la puerta, se dejó caer en la silla y dijo:

—Ni se te ocurra ir a la playa ahora.

Pensé que me había adivinado el pensamiento, pues eso era precisamente lo que estaba planeando hacer: ir a la playa, reunirme con mi padre, y ya que no podíamos bañarnos, por lo de las aguamalas, recoger cangrejos o almejas para que Elodio Brito cocinara un arroz.

—Tu padre tiene que hablar con esos huéspedes. Me pidió que te dijera que no fueras.

La miré con desconfianza, empezaba a desconfiar de sus palabras.

—No te atrevas a aparecerte allí —añadió ella, que también parecía adivinar mis intenciones de retarla—. Ya me escuchaste, Andrés Yasín, vete a estudiar.

Bajé, di un par de vueltas por la casa y me metí en el baño donde Roberto se había estado cambiando. Me abrí el zíper y empecé a orinar por gusto, sin que realmente me apremiara la necesidad de hacerlo. Al elevar los ojos, en una de las repisas más altas, divisé un maletín de piel oscura, mal disimulado detrás de un par de toallas. Me encaramé en el inodoro y lo agarré sin pensarlo mucho. Lo deposité en el suelo con cuidado, porque sabía que era el maletín de Roberto. Había metido en él sus zapatos y su pantalón, un paquete de cigarrillos sin abrir, unas llaves, un periódico doblado y, en el fondo, debajo de todo, descubrí una pistola. La saqué despacito y estuve mirándola. Apunté hacia el espejo. Apunté hacia el techo. Apunté sobre mi corazón. Luego me asomé a la ventana y apunté hacia el patio. Pensé que era una lástima que Braulia no estuviera por los alrededores, porque también la habría apuntado a ella. Volví a guardar el arma y salí del baño empapado en sudor. Era un octubre veraniego, con un aire espeso como mermelada. Un aire un poco muerto, que costaba trabajo respirar.

167

—Estás hablando con un muerto —fanfarroneó el Capitán—. ¿Crees que un muerto se andaría con rodeos?

Estaba seco, pero tenía mejor color. Lo habían hecho dormir y le habían dado oxígeno. Le habían metido no sé qué cantidad de líquido en las venas para limpiárselas de tanto licor. Ningún médico se atrevía a prescribirle otro medicamento que pudiera traerle complicaciones. Sólo intentaban reanimarlo a fin de que pudiera retornar a Maine, y para el día siguiente habían dispuesto darle de alta. Tenía el equipaje listo; yo mismo me había encargado de separar la muda de ropa con la que saldría del hospital, iría al aeropuerto y tomaría el avión hacia Nueva York. En Nueva York estaría esperándolo su hijo para acompañarlo a Maine.

—No fui el mejor amigo de tu padre. No puedo decir eso, pero anduve cerca. Había una parcela de su vida de la que nunca quiso conversar conmigo. Aunque de la insurrección sí supe; yo lo veía y lo olfateaba todo, y durante mucho tiempo estuve preguntándome por qué razón siguió adelante con aquella aventura. Sabía que Frank era nacionalista, siempre supe que tenía esas ideas, porque la vieja Apolonia se las había inculcado. Pero una cosa es tener una convicción y otra muy distinta meterse de lleno en un absurdo. Y lo curioso es que Estela desde el primer momento lo apoyó. A ella nadie le había inculcado nada (su propio padre fue un tirano, un mentiroso viejo verde),

169

pero tu madre se casó muy joven, era casi una niña, y, como fueron a vivir con Apolonia, en algo la tuvo que influenciar tu abuela. Con el tiempo, Estela conoció a los nacionalistas de ese grupo, entre los que se hallaba el propio Roberto, que daba la casualidad de que era amigo suyo de la infancia, ahijados ambos de la misma mujer, circunstancia que supongo que los uniría, ¿no crees tú que esas cosas unen mucho?

J.T. se atrevió a sonreír y se quedó esperando mi respuesta. Lo miré con estos ojos rasgados, de párpados caídos, ojos de viejo libanés vencido. Reflexioné en todo lo que habría podido hacer en ese instante: cubrirle el rostro con una almohada, por ejemplo, o asestarle un puñetazo en el pecho. También reflexioné en las consecuencias: estaba yo muy viejo para atacar a otro maldito viejo. Hubiera sido ridículo: las enfermeras habrían venido a separarnos y, al encontrarme tan obcecado, tan fuera de control, le habrían pedido ayuda a los tipos que reparten la comida, que suelen ser fornidos. O a las mujeres que se encargan de la limpieza, fornidas también, y en el fondo habituadas a los tragos amargos de los hospitales.

—No dices nada, Andrés. Y sé de sobra lo que estás pensando. Piensas en algo que ni siquiera se atrevió a pensar tu padre: has visto en mí al gran delator, al gringo traicionero que tenía más de dos razones para echar por tierra aquel levantamiento. Pero recuerda que estás hablando con un muerto, y este difunto puede jurarte que de su boca, jamás, salió una sola palabra que pudiera arruinarles la fiesta. Al contrario, había nacido ya arruinada, y por eso aconsejé a tu padre. Desde fuera, desde donde me encontraba, podía ver mejor que nadie lo que se estaba cuajando y me pareció que todo aquello podía convertirse en una trampa. Serenamente se lo advertí. Hubo una noche de finales de octubre que la pasamos en vela. Yo me marchaba a Santa Cruz al día siguiente y no pensaba volver en dos o tres semanas. Tu padre también tenía un viaje proyectado a la Isla Grande, al puerto de Fajardo, me parece, donde los nacionalistas iban a celebrar un mitin. Él no era muy amigo de asistir a mítines, pero corrían rumores de que iban a matar al jefe de todos ellos, que era Albizu, y les pidieron a todos que se presentaran allí para defenderlo si pasaba algo. Estela, de buena gana, lo hubiera acompañado, pero no querían dejarte solo, alguien tenía que llevarte al colegio a la mañana siguiente y alguien tendría que darte la cara si se complicaban las cosas. Frank me confió que pensaba llevar la Lugger que tenía guardada (yo conocía esa pistola, lo había ayudado a conseguirla), pero al final no sé si la llevó.

J.T. se interrumpió cuando vio entrar a la enfermera. La mujer le tomó la temperatura, el pulso, revisó el conducto del suero. Era gorda y tenía un rostro adusto, muy negro y muy ancho. Antes de dejarnos a solas, susurró con una voz de blues: «*You are leaving tomorrow, grandpa*». El viejo la siguió con la vista, era tan gruesa que batía el aire cuando caminaba.

—No sé si Frank llegó a coger la Lugger —continuó el Capitán—. Te dije que pasamos la noche en vela, pero no hablamos todo el tiempo. También fumábamos y bebíamos, fumábamos sobre todo, pensando en nuestras cosas. A los treinta y tantos, puedes estar toda una noche sin dormir, y beber lo que te dé la gana, y al día siguiente casi ni lo notas. Por eso estábamos allí, en uno de los balcones del hotelito, sin prisa por acostarnos. Después de un rato de silencio, tu padre dijo de pronto: «No sé qué hacer con Estela». Seguí fumando con la vista al frente, mirando en dirección a la playa, que no se veía, pues la oscuridad era total, pero podía sentirse: respirábamos el salitre y escuchábamos las olas, el ruido montañoso de la marea alta. «No sé qué hacer», repitió. «Estoy esperando a que todo esto pase para decidir.» Que pasara todo quería decir la insurrección, el momento de enfrentarse al gobierno y a la policía, que él sabía que estaba muy cerca. A lo mejor allí, aquella noche, a solas conmigo, empezó a acariciar la misma secreta esperanza que pude haber acariciado yo, sin expresarla con palabras, claro está, pero alentada por mi complicidad, por el apoyo que le estaba dando. Roberto preso, o muerto (y mejor muerto que ninguna otra cosa), dejaba de ser una amenaza para él, y por supuesto también para mí. Era imposible que lo dijéramos, nadie quiere sentirse miserable, ni siquiera parecerlo; pero te aseguro que lo pensamos. Era inevitable en nuestra situación. ¿Cómo no iba a pensarlo Frank, que veía que se le derrumbaba su casa, se le esfumaba su mujer, se le acababa el mundo? ¿Y cómo no lo iba a pensar yo, que no tenía ni la sombra de un hogar, pero como si lo tuviera, porque llegar a Martineau, sentarme a la mesa, hablar con tu padre y jaranear con Braulia, era lo más cercano que había tenido nunca a una casa, a una familia con niño incluido? Quiero que sepas que en aquellos años te tenía cariño. A mi modo, me desvivía por ti. Y sabía que tú secretamente me admirabas, te divertías conmigo, esperabas por mí para subir a *Eugene the Jeep*: disfrutabas como loco con ese cacharro. Hasta que surgieron los celos de tu parte, te empezaste a sentir un hombrecito y me retabas, descubriste unos fantasmas entre tu madre y yo. Eran fantasmas, no te quepa duda. Qué más hubiera querido yo que tuvieras razón, que tus motivos para odiarme hubieran estado fundados en un romance real. Pero para entonces, y desde hacía unos años, yo era menos que nada en la vida de Estela. Siempre había sido poca cosa, la verdad sea dicha, y con el tiempo fui a menos y a menos y a menos. Estoy a las puertas del otro mundo, donde tal vez la vea. La vanidad no me sirve de nada, ¿qué quieres que te diga, si tu madre no hacía más que demostrarme repugnancia? No había razón para eso:

yo no era un hombre sucio, ni estaba enfermo, ni tenía un rostro desagradable. Al contrario, no sabes cuánto me acicalaba para ir a verla. A veces miro las fotos de esa época y me veo vestido con mi ropa de trabajo, mi gorra, mis gafas de aviador. Me pregunto si me merecía ese asco, esa renuncia a que le rozara simplemente una mano. No sé cómo era con tu padre, no sé si él también llegó a sentir ese rechazo. Aquella noche que pasamos en vela hubiera querido adivinarlo, hacerlo vomitar ese dolor. Pero él no quiso soltar prenda, sólo soltó lo elemental, lo que se veía venir, y hasta Braulia, hasta los huéspedes podían olerse: Estela se largaría tarde o temprano con ese tipo. Y déjame que te informe de que, a esas alturas, ni siquiera tú podías detenerla. Roberto lo era todo para ella, como en las novelitas de la radio, y casi no se tomaba el trabajo de disimularlo. Así que calcula cuánto llegué a odiarlo; cuánto deseé que lo borraran del mapa y que lo machacaran. Con creces vi colmados mis deseos: ansiaba que le pegaran un tiro, ¿no es así?, pues al final le metieron ochenta y cuatro plomos en el cuerpo. ¿Cómo crees que reaccioné cuando me lo contó tu padre? Me dieron ganas de abrazarlo, a duras penas pude reprimir mi júbilo. Frank estaba asustado, porque creía que en cualquier momento llegarían a arrestarlo a él, y además lo noté abatido, sintió dolor por ese hombre, y dolor por ver a Estela paralizada, necia, como si aquellas balas también la hubieran traspasado a ella. La traspasaron, Andrés, se quedó muerta. Y Frank, por unos días, fue el más muerto de todos. Incapaz de saber qué sentir, qué pensar, en qué agujero se debía esconder. Me ofrecí para llevarlo a Martinica, o a las Granadinas, donde tenía unos amigos que podían darle cobijo, gente que no haría preguntas. Suspendí todos mis vuelos y regresé a Vieques el último día de octubre. Agarré el jeep y fui corriendo a Martineau. Tu madre no estaba para nadie. Tu padre acababa de llegar de San Juan, había escapado por los pelos y lo encontré hundido, sólo hablaba de sangre, para él todo era sangre. Braulia iba de un lado para otro, hermética, pero eficiente, buscando calmantes con los que atiborrar a tu madre, preparando infusiones, ocupándose también de ti. Fue la única que se ocupó de ti en esos momentos. Te mandaba a la escuela con Gerónimo y trataba de mantener la calma, un simulacro de normalidad en aquella casa, lo que al final era imposible. Aquel último día de octubre, hacia el mediodía, tu padre se acostó a dormir. Llevaba más de cuarenta y ocho horas sin pegar ojo y había perdido la coordinación, la capacidad para pensar fríamente y decidir lo que haría. Se metió en una de las habitaciones del hotel, pues era imposible descansar junto a tu madre: tenía accesos de llanto, se arañaba los brazos, o a veces se desmadejaba y era peor, porque el temblor de su cuerpo estremecía la cama. Cuando tu padre se marchó a dormir, fui a verla. Me senté a su lado, le acaricié la cabeza, le dije lo más dulcemente que pude: «Estela, escúchame». Ella estaba ronca, tenía los ojos hinchados y los labios partidos de tanto mordérselos. Seguía siendo la mejor mujer que vi en mi vida, la más completa y la más fuerte, porque aun en medio del derrumbe mantenía la fuerza. No la serenidad, que es otra cosa. Digo la fuerza, la voluntad de acabar con todo, de romper con todos y con ella misma. Lo que vi me asustó, y lo que oí, lo que me dijo su boca, fue más aterrador aún: «¿Qué estás haciendo aquí, maldito gringo?». Pero ni con ésas dejé de repetir: «Escúchame, por favor, tienes que escucharme». Rompió a llorar a gritos, tú no habías vuelto del colegio y me alegré por ti. Me alegré también por tu padre, vencido por el sueño, que se estaba ahorrando ese espectáculo. Yo no sabía cuánta amargura, cuánto desencanto sería capaz de tolerar, pero todo lo toleré. La escuché susurrar su nombre: llamaba al difunto, no te llamaba a ti, ni a mí, ni a tu padre, sino a Roberto. La vi ponerse de pie, caminar tambaleándose hasta la cómoda y sacar el paquete con las cartas y las fotografías: «Llévate esto. Tíralas en el mar, bien lejos». Me dieron ganas de abrazarla, de poseerla allí mismo, en esa cama revuelta y llena de restos de cocimientos derramados, manzanilla y sobre todo tila. Esa cama húmeda de sudor y llanto, en la que tuve la impresión de que también se había orinado. Tu madre estaba hecha un asco, con el pelo mojado y la cara roja, limpiándose los mocos con el dorso de la mano. Pero a mí me seguía deslumbrando. Luego se adormiló, ella también llevaba muchas horas sin poder dormir; vi que la vencía el cansancio (no el sueño, era como un sopor), y salí de puntillas. Braulia estaba en la sala, me miró sin fuerzas y me preguntó si deseaba beber uno de sus cocimientos. Le respondí que necesitaba un ron, una botella entera, y ella, sin decir palabra, salió por una puerta, al tiempo que tú entrabas por otra. Tiraste en una mesa el bulto con tus libros y me miraste con desconfianza, había un olor extraño en el ambiente, y un silencio más extraño aún, más acuciante, como un tenue silbido. Preguntaste por tu padre, te respondí que había llegado muy cansado de San Juan y estaba durmiendo en el hotel. Me preguntaste entonces por Estela. Te expliqué que se encontraba mal, y que Braulia estaba ocupándose de ella. Ya la habías visto desesperada, porque la noticia de la muerte de Roberto le había llegado el día anterior, poco después del mediodía, y ella, al principio, no lo había creído, pero al cabo de unas horas, cuando se cercioró de que era cierto, no se tomó el trabajo de disimular, no se cuidó ni siquiera porque estabas delante. Demostró que ya no le importaba nada, ni siquiera tu padre, que se hallaba todavía en San Juan.

»Braulia volvió con la botella y me la puso al frente: "Bébasela, Capitán", dijo bajito, y enseguida, con muy mala cara, te mandó a bañar para que merendaras. Eran casi las tres, y caí en la cuenta de que allí estorbaba. Me serví un trago, me lo bebí de golpe y me serví el segundo. Tú habías hecho caso omiso de las órdenes de Braulia y te plantaste delante de mí, a mirarme beber, con un gesto que me pareció perverso. En ese momento entró Gerónimo, creo que fue él, aunque también pudo haber sido Elodio Brito, el cocinero. Fuera quien fuera, era un hombre agitado, que respiraba a borbotones. "Pongan la radio", recuerdo que gritó, "están matando al barbero." Busqué a mi alrededor una radio, pero tú te adelantaste, corriste a la mesita y lo pusiste a todo volumen. Escuchamos las detonaciones, el torbellino de una voz que repetía obsesivamente el nombre de dos calles, Colton esquina Barbosa, y el nombre de la barbería: Salón Boricua. En ella, según el tipo que narraba el asedio, se ocultaban los nacionalistas, porque al principio creyeron que eran varios, pero al final se supo que en el interior sólo se atrincheraba uno: el barbero Vidal. De la nada apareció tu padre, con la camisa abierta y esa expresión despavorida del que ha bajado a los infiernos y no ha subido del todo. De la nada, también, sin hacer ruido, apareció tu madre. No tuve que mirar hacia atrás, hacia la escalera, para saber que se había sentado en los peldaños de abajo, con sus pelos de loca y sus labios hinchados, tratando de captar las noticias que hablaban de la cantidad de rifles y las carabinas, todas aquellas armas vomitando fuego contra la barbería. Nunca había sentido otro silencio igual, más compacto, más increíblemente desolado. Lo único que se podía escuchar era esa voz en la radio que apostaba a que el barbero aún estaba con vida, y a que estaría encerrado hasta que se muriera. Le serví un trago a tu padre, y serví un segundo trago para acercárselo a Estela. Pero ella me detuvo a medio camino, con una sola mirada me dejó saber que no necesitaba ayuda. En la radio seguían oyéndose los disparos contra la barbería y los resoplidos del hombre que hablaba: resoplaba a veces, agazapado detrás de unos barriles para esquivar las balas. Me harté de todo aquello y salí de la casa. Subí a mi habitación del hotelito y miré por la ventana hacia el mar. Era lo único que no había cambiado. Lo único en un mundo en el que, sin remedio, había cambiado todo.

Aquí se parte en dos mi vida: en algún momento entre el último día del mes de octubre y el primer día del mes de noviembre. Cuando todo pasó, papá intentó darle coherencia a la tragedia, escribió una carta que fue también un testamento, para que me la entregaran si algo llegaba a sucederle. Nada le sucedió, sin embargo, y durante años la siguió guardando. Esperó a que yo creciera y me graduara, a que volviera de Vietnam y estuviera a punto de casarme con Gladys. La víspera del día de mi boda fuimos a cenar los dos. Al poco de sentarnos, me entregó un sobre sellado y me advirtió que era un mal regalo, pero que no había sido capaz de destruirla sin que yo la leyera. Añadió que había asuntos de los que nunca habíamos hablado, y que quizás esa carta me aclarara algunas dudas. No era muy larga, y estaba fechada el 6 de noviembre de 1950, lo que significaba que la había escrito mientras yo convalecía en el hospital, deshidratado y medio loco. Le dije que quería leerla enseguida, ambos teníamos delante un mismo trago: escocés con soda. Mi padre musitó:

—Como tú gustes, Andrés.

Prendió un cigarrillo y se quedó mirándome mientras yo abría el sobre y sacaba las cuartillas de un papel finito, amarillento por los años. En la carta empezaba por contarme los motivos de la insurrección: proclamar la República y evitar que se aprobara esa constitución que iba a servir de base para consumar la farsa —subrayaba esa palabra: farsa—, un simulacro de gobierno propio, sin poderes ni soberanía. Pero todo se vino abajo. La insurrección hubo que adelantarla porque la policía los vigilaba día y noche, el cerco se cerraba y a duras penas lograban despistar a los guardias para poder reunirse. El 27 de octubre la policía detuvo un automóvil donde viajaba un grupo de nacionalistas, muy cerca de la casa del barbero; les confiscaron todas las armas y en el maletero les encontraron bombas. Era viernes. El resto de ese día y durante todo el fin de semana no pararon de hacer allanamientos. Mi padre insistía en que sólo habían tenido dos alternativas: o empezar la revolución en ese mismo instante, o pudrirse en la cárcel sin haberlo intentado. Recibieron órdenes para levantarse el lunes treinta de octubre. Así que el domingo mi papá salió para San Juan. Lo hizo en la lancha de pasaje, llevando solamente un maletín de mano. Se despidió de mí, aunque tal vez no me di cuenta de la intensidad de aquella despedida. De un modo distinto, pero también intenso, se despidió de mi madre. La noche la pasó en un hotelito de Santurce, a cuyo dueño conocía, pues había sido amigo de Apolonia desde los tiempos en que mi abuela tenía su casa de huéspedes en Isabel Segunda. Papá apenas durmió. Fumó un cigarrillo tras otro, y a las tres de la mañana se dio un duchazo para despejarse. Luego salió al balcón y estuvo un rato mirando las calles solitarias, untadas por el brillo que habían dejado sucesivos chubascos. Desde ese balcón vio venir el Dodge azul en el que sus amigos habían quedado en recogerlo. Eran las cuatro y diez de la mañana. Del hotel se trasladaron al sur de la ciudad, al barrio Buen Consejo. En el patio de la casa de Raimundo Díaz, comandante del Ejército Libertador, improvisaron un cuartel. Se cambiaron de ropa, cargaron las armas, bebieron café y escucharon las últimas órdenes. Sólo entonces, fumando en ese patio, mi padre fue informado de que no estaría entre el grupo de hombres que iban a atacar la casa del gobernador, que era la Fortaleza. A última hora habían decidido reemplazarlo por el barbero Vidal, que los esperaba en la barbería. La razón que se le dio para excluirlo fue muy simple: consideraban que él podía ser más útil en el plan de apoyo que seguiría a la sublevación, en vista de que no estaba vigilado ni nadie lo conocía en San Juan. Aunque el Capitán insistía en que mi padre estaba en la mirilla, él afirmaba que no hubo nada de eso y que los hombres que J.T. había visto rondando el hotelito probablemente eran del propio partido, nacionalistas que se encargaban de la seguridad.

A media mañana, desde Buen Consejo, papá volvió al hotel de Santurce. Nadie lo detuvo, ni notó que lo estuvieran siguiendo. Dependiendo de lo que ocurriera, tenía instrucciones de coordinar nuevos ataques o volver rápidamente a su lugar de origen. Desde ese momento se convertía en parte de una retaguardia cuyo deber era esperar el resultado de las primeras acciones. A mediodía almorzó en una fonda cercana al hotel. Y a la una de la tarde subió a su habitación, pero por poco tiempo, pues se desesperaba por oír las noticias. Bajó al vestíbulo y vio a los empleados apiñados en torno al aparato de radio: los atacantes de la Fortaleza estaban todos muertos, y en el resto de la isla habían caído decenas de insurrectos. Subió a su habitación y prácticamente se mantuvo encerrado en ella hasta el día siguiente. Nadie se presentó para darle órdenes, ni nadie intentó comunicarse con él para recibirlas. A las cinco de la mañana dejó su guarida, pagó la cuenta y regresó a Vieques en la misma lancha de pasaje en la que había partido. Durante la travesía no dejó de mirar al mar y de pensar en sus amigos muertos: Roberto, sí, pero también Vidal. Las balas que habían segado la vida del barbero en realidad eran balas que debía haber recibido él.

Al llegar a Martineau se encontró con J.T., quien había aterrizado unos minutos antes en Mosquito, pero que había escuchado las noticias y se esperaba lo peor. Mi madre, por su parte, estaba destrozada. No hacía más que llorar y arañarse los brazos, totalmente histérica. Papá se fue a dormir a una de las habitaciones del hotel; estaba exhausto y admitió que no podía pensar. Pero a las dos o tres horas sintió que lo sacudían para despertarlo. «Van a matar al barbero», le avisó Braulia en un tono cavernoso, que parecía elevarse de la muerte misma. «El barbero murió», balbuceó mi padre. «Todavía no», insistió la otra. «Llevan un rato tiroteando la barbería.»

De ahí en adelante, la carta se volvía frenética y oscura, y esa oscuridad se reflejaba en su propia letra. Empecé a tener dificultades para descifrar ciertas palabras, y papá me pidió que dejara la lectura para otro momento.

—Puede que te parezca dura —reconoció mi padre—. Pero si la lees con calma, dentro de unos días, vas a verlo todo de una manera diferente.

—En la luna de miel —le respondí con sorna.

—Sí —coincidió papá—. Entonces estarás a salvo, contento con tu mujer. Y toda esa desgracia que te cuento ahí pasará a un segundo plano.

No le hice caso de inmediato, quería leer a toda costa unos párrafos más. Había amargura y frustración, y era evidente que papá conocía la identidad de la persona que los había delatado. Pensé en preguntarle a bocajarro si sospechaba del Capitán, pero me pareció poco probable que admitiera algo como eso. Papá estaba nervioso, se le notaba en las pequeñas contracciones de su cara. Sintió inclusive la necesidad de explicarme que el hombre que yo tenía delante no era exactamente el mismo que había escrito esa carta.

—Debí ponerme del lado de tu madre —se lamentó—. Pero cometí el error de encerrarme y aturdirme. No la ayudé, ni a ti tampoco. Ni siquiera me di cuenta de que te habías enfermado. Tuvo que avisarme Braulia.

Moví la cabeza. Yo tampoco me di cuenta de que estaba enfermo. Fue un asco que me hundió, me separó del mundo. Y el Capitán había sido el culpable. Ése era el momento de contárselo todo a mi padre, sentados frente a frente, mientras nos hablábamos con afecto, con una intimidad que no habíamos sentido desde los días de nuestra desgracia.

—Tal vez por eso siempre has reaccionado tan mal contra el nacionalismo —musitó, sacándose una espina demasiado antigua, amarillenta y frágil como la carta que tenía en mis manos.

—No es una reacción —traté de sonreír—. Lo que pasa es que no puedes entender que el nieto de Apolonia haya escogido otro camino y esté convencido de otras cosas.

—Lo entiendo —terció papá—. Y por eso me duele. Cuando llegaste a la edad de decidir, nosotros estábamos en el limbo y no éramos ninguna opción. La culpa no fue del todo nuestra. Nos masticaron y nos escupieron, y luego todo el mundo nos pasó por encima, hasta que nos confundimos con el polvo, invisibles del todo. No es que nos hayan olvidado, Andrés, que eso tendría remedio. Es algo peor: dejamos de ser reales, no fuimos lo que fuimos ni siquiera en aquel año que vivimos con tanto peligro. Tu abuela tiene que haberse revolcado en la tumba. Salimos tú y yo de Martineau, y me viste hacer lo que hasta el día de hoy he estado haciendo: vender y comprar casas para los demás. Para los tranquilos vecinos del estado de Georgia. No sabes cuánto me gusta vivir allá.

Terminamos de cenar y recordó que, mientras escribía esa carta y durante todo aquel mes de noviembre, vivió en un continuo sobresalto, esperando que de un momento a otro lo fueran a arrestar. Por precaución, había cortado toda comunicación con el resto de los nacionalistas, y no fue hasta que pasaron muchos meses que se sintió capaz de enviar —y recibir— señales de vida. Para entonces, la nueva Constitución ya estaba en marcha; la mayor parte de la gente favorecía la creación de un estado asociado con gobierno propio, y la esperanza de la República que él y sus amigos habían querido proclamar quedaba en nada. Menos que nada.

—Tantos muertos —resumió papá—. Y dime, Andrés: ¿quién en la vida se ha acordado de ellos?

## 10

Más de tres horas resistió el barbero. Las mismas que resistimos nosotros pegados a la radio, pendientes del periodista que narraba el asedio, un hombre que cada pocos minutos se identificaba, susurrando su nombre en el micrófono, como si revelara un secreto. J.T. se había marchado al hotelito y había vuelto al cabo de media hora con una botella de whisky que debió de haber traído desde Santa Cruz. De vez en cuando nos echaba una mirada furtiva; se la echaba a Braulia, que era una mujer de piedra, pero que había ocultado la cara entre las manos; y se la echaba a mi padre, que pasó todo ese tiempo sin moverse, con los ojos aguados, fijos en el suelo.

También había sentido esa mirada sobre mí, pero disimulaba y la rehuía. No quería enfrentarme al Capitán hasta que pudiera entender lo que estaba pasando. Y, por el momento, entendía muy poca cosa. Que mi madre, por ejemplo, se había vuelto un fantasma completo, ajeno a mí y ajeno a mi padre; ajeno a la casa donde vivíamos y al tiempo que estaba transcurriendo. También me daba cuenta de que había estallado una revuelta, y que por culpa de eso estaban matando al barbero, pero ignoraba exactamente los motivos. Quince policías y veinticinco guardias nacionales disparaban hacia la esquina que formaban las calles Colton y Barbosa. Las ráfagas picaban contra las paredes del Salón Boricua, y mi mente iba y venía entre el paisaje que describían por la radio —la barbería rodeada, la humareda subiendo hasta las azoteas– y el otro paisaje que tenía a mis espaldas: mamá sentada al pie de la escalera, tan rígida y absurda, desentendida ya de casi todo, tratando de apurar un poco del horror final, antes de abandonarse totalmente al horror.

Hacia las cinco de la tarde, los policías habían hecho un alto al fuego. El hombre que narraba desde el Barrio Obrero explicó que tampoco se escuchaban disparos desde el interior. Mi padre, por primera vez, alzó la vista y cruzó una mirada con el Capitán. Luego se dirigió a mí:

–Andrés, vete a la playa un rato.

Dije que no. Lo hice moviendo la cabeza de un lado para otro, lleno de coraje, con los labios apretados y la sensación de que, si me quedaba, estaría aceptando las reglas de un juego que desconocía y que tal vez ya nadie me podría explicar. La voz en la radio se volvió más tensa, mucho más grave, para anunciar que los policías estaban avanzando sobre la barbería, y que apartaban a bayonetazos los últimos obstáculos. A continuación se escucharon gritos de «por aquí, por aquí» o «ya lo tenemos», y durante unos minutos, los pocos que tardó en llegar hasta el interior del Salón Boricua, el periodista estuvo balbuceando frases sobre los cristales rotos y el olor a pólvora. Más adelante divisó al barbero, o lo que quedaba de él, un cuerpo inmóvil y bañado en sangre, medio oculto debajo de una colchoneta.

–Aún respira –dijo el de la radio–. Lo oigo quejarse.

La transmisión se cortó súbitamente. Papá se levantó, dio una vuelta en redondo y volvió a caer sobre la silla. Me pareció que había perdido el equilibrio, tenía el rostro desencajado y sus brazos parecían de trapo.

–Peor para él si está vivo –musitó.

Instintivamente volví la mirada hacia la escalera. Mi madre continuaba allí, pero tuve la sospecha de que no era capaz ni de ver ni de oír lo que sucedía. Me sentí un

poco al garete entre esa madre ausente y ese padre sin norte, que estaba a punto de fundirse con la silla, o de desva-
necerse en ella. El único asidero era J.T., él estaba sobre-
viviendo y me podía ayudar. Lo miré, instándolo a que
hiciera algo. Tenía un vaso lleno de whisky en la mano,
bebía pensativo un buche tras otro, con los ojos semi-
cerrados. Braulia se había esfumado en cuanto oyó que la
policía estaba abriéndose paso hasta la barbería. No sé si
se esfumó porque le daba grima escuchar el desenlace, o
si lo hizo para desquitarse. Un desquite hacia mi madre,
que estaba traicionando a papá. Y un desquite hacia mí, que
la había llamado *bitch*. Ahora, sin embargo, la necesitába-
mos. Yo la necesitaba allí con uno de sus cocimientos,
agarrando a mi madre por un brazo y obligándola a volver al cuarto. Y la necesitaba junto a papá, comentándole
algún asunto sobre el hotelito, haciéndolo volver en sí.
Lamenté no haberlo obedecido cuando me ordenó que
me largara a la playa. Tuve una de esas fantasías estúpidas
acerca de que en la playa, tal vez, no me hubiera alcanzado la muerte del barbero, su cara llena de sangre y es-
quirlas. Y que, metido en el mar, en la orilla repleta de
medusas, habría podido conjurar ese mal sueño y con-
vertir este día, el último del mes de octubre, en una tarde
tan aburrida y limpia como las de siempre, con los re-
funfuños de Braulia y el entra y sale de mi padre, cargado
de paquetes o herramientas; y con mamá en su cuarto de
costura, tratando de decidirse entre dos hilos que me parecían idénticos, o lo que era todavía más simple: discu-
tiendo cosas de la comida con Elodio Brito, el reservado
cocinero cuya vida interior ignoraré por siempre. Me
culpé de no haber ido a la playa en el momento justo y
detener desde allí la tragedia, como un mago, o como un
niño que no atrae a la muerte. Yo la estaba atrayendo en
ese instante sobre Martineau, sobre mamá y sobre Braulia, y sobre Frank Yasín, mi padre que temblaba incrédulo,

que se había mareado y respiraba con dificultad. El Capitán soltó su vaso y corrió a socorrerlo.

—¿Qué tienes, Frank?

Papá levantó la mano diciéndole que no era nada. Entonces rompió a llorar y ese llanto me congeló por dentro. El Capitán también debió de congelarse, porque fue en busca de la botella y se la ofreció. Papá no lo notó, o quizá no tenía ganas de aceptar ningún trago, y J.T. se quedó con el brazo extendido y la botella ofrecida, como una estatua que no se moverá, que se derrumbará si alguien se atreve a rozarla. Esa escena fue más de lo que pudo soportar mi madre, aun en su estado de letargo. La vi ponerse de pie y dirigirse a la cocina, y me quedé pensando si debía seguirla. Papá se secó las lágrimas y me buscó con la mirada. Lo vi pequeño y atemorizado; lo vi como nunca lo había visto. Me hizo seña de que fuera hacia él. Me acordé de los tiempos en que mi abuela Apolonia, ya senil, me confundía con su propio hijo y también me pedía que me le acercara. Cuando llegaba a su lado, me apretaba el brazo para impedir que el libanés errante se saliera con la suya.

—No me va a pasar nada —dijo papá, sin saber el pobre qué más iba a decirme.

Se mordía el labio superior y, junto con el labio, se mordía parte de su bigote negro, empapado de lágrimas o de sudor. Tenía la cara enrojecida y el mechón de pelo le caía en la frente y le tapaba un ojo. Todo eso lo haría parecer muy frágil en comparación conmigo, con mi rostro ceñudo y sin lágrimas, que era en el fondo un rostro próximo al estallido. Me escurrí hacia la cocina, mi madre se había servido un vaso de agua y lo miraba fijamente. Le pregunté por Braulia, por preguntarle cualquier cosa. Me respondió en un tono muy pacífico:

—Debe de estar en el hotel, alguien tiene que atender a los huéspedes.

No logro recordar a los huéspedes que estaban en Martineau por esos días. En todo caso, sólo había dos o tres habitaciones ocupadas, contando la del Capitán. Y eso lo sé porque papá lo mencionó más tarde; decía que, por fortuna, y por ser octubre temporada baja, no habíamos tenido a gente extraña rondando la casa, en medio de aquel descalabro. Mamá empezó a tomar sorbitos de agua y pensé que eso era síntoma de que estaba regresando con nosotros, a su vida de siempre. Le pregunté si el barbero estaba muerto.

—Creo que sí —repuso ella—. Pero tú deberías olvidarte de eso. Mañana es un día como todos, tienes colegio.

Sentí tal satisfacción al escuchar esas palabras que me dieron ganas de abrazarla, de decirle que eso era lo único que me importaba: que mañana fuera un día como cualquier otro, y que hubiera colegio y muchachos de mi edad, correteo y maestras, y un regreso a Martineau para el almuerzo en la camioneta de mi padre, oyéndolo silbar, mirándolo de perfil: sus cejas prominentes, su curva nariz de camellero, y el cigarrillo que le colgaba de los labios.

Mamá me sonrió y salió de la cocina, no sin antes servirse otro vaso de agua para llevárselo a su habitación. Cuando volví a la sala, mi padre y el Capitán ya se habían ido, y en la radio continuaban hablando del asalto a la barbería, así que lo apagué, lo hice con miedo, estirando mucho el brazo, como si el mero hecho de acercarme al aparato pudiera contagiarme su locura.

Esa noche cenamos en el comedor del hotelito, no en el de nuestra casa. Mamá no quiso salir de su habitación, y mi padre y yo compartimos la mesa con J.T., que había seguido bebiendo y ya se veía bastante borracho. Hasta ese momento, hasta que nos sentamos los tres a la mesa, no me había puesto a pensar en las razones que podía tener mi madre para desesperarse de esa forma. Culpé de algún modo al Capitán, que pretendía llevársela; y culpé a mi padre, que la había puesto nerviosa con su súbito viaje a San Juan, y que había estado ausente el día de la revuelta, precisamente el día en que ella estuvo oyendo noticias desde el amanecer, sollozando y sin probar bocado. Cuando papá regresó, al mediodía del martes, ya era muy tarde para arreglar las cosas, porque mamá había atravesado la frontera. Era un cuadro confuso para alguien de mi edad, y todo había ocurrido en un lapso de tiempo demasiado breve. Pero aquella noche algo me dijo que la normalidad volvería poco a poco, y que esa vuelta a la rutina en cierto modo dependía de mí, aunque no supiera lo que estaba pasando, y dependía también de Braulia, que, por el contrario, sabía todo de todos —no había nada que ella ignorara en esa casa—, y que tal vez por eso, por saber tanto, estaba tan sobresaltada que al recoger los platos, aquellos platos nuestros con la comida casi intacta, le temblaban las manos.

Papá me mandó a dormir para poder quedarse hablando con el Capitán. En otro momento me habría resistido, pero no aquel día ni en aquellas circunstancias. Tenía la impresión de que el aire que nos rodeaba, el hotel, las propias paredes de mi casa podían quebrarse como cristales si provocaba una contrariedad, por mínima que fuera. Antes de meterme en mi cuarto me acerqué a la habitación de mamá, abrí despacito la puerta y vi que no había ninguna luz prendida, aunque entraba cierta claridad a través de una ventana. Me dio olor a alcanfor, pues Braulia preparaba unos emplastos con esas hojas, que estaban sembradas por todas partes, Gerónimo las sembraba como si nuestra vida dependiera de ellas. Desde la penumbra me llegó su voz:

—¿Querías algo, Andrés?

Algo quería, sí, pero no sabía precisar qué cosa.

—Me voy a acostar —le dije.

En la cama estuve hojeando cómics, marcándolos con

un lápiz (era una vieja manía), y sentí una paz que no había sentido en muchos meses, quizá desde la Navidad. A la mañana siguiente, Braulia vino a despertarme; me puso en las manos un vaso de leche y dijo que J.T. me llevaría al colegio. Pregunté que por qué no lo hacía mi padre o Gerónimo en la camioneta. Ella no me contestó, pero me desafió con la mirada, haciéndome saber que aún me guardaba rencor y que continuaría menospreciándome hasta que me rindiera. Para mis adentros volví a llamarla «*bitch*», mil veces «*bitch*». No intenté ver a mamá, ni despedirme de ella. Me imaginé que seguiría en su habitación, y que al regreso la encontraría recuperada, de nuevo en pie, trajinando en la cocina. Supuse además que papá estaría en La Esperanza, buscando pescado, volviendo a la rutina de la que dependía el mundo y el aire que respirábamos.

—¿Estás listo?

Al Capitán apenas le salía la voz, la borrachera lo había dejado ronco. Subí a *Eugene the Jeep,* el mejor vehículo que he montado en toda mi vida. J.T. había prometido que, en cuanto cumpliera doce años, me enseñaría a manejarlo. Ya los había cumplido, pero no se lo había querido recordar. Mi único deseo, el único que tenía con respecto a él, era que se alejara de mi casa, de Martineau y de mi madre.

—Frank me pidió que te llevara. También te iré a recoger a mediodía.

Lo miré con desconfianza. Manejaba rápido, pero siempre manejaba así, como si atravesara un campo minado, zigzagueando para esquivar los hoyos del camino. *Eugene the Jeep* avanzaba dando tumbos, y ésa era la parte divertida de subirse a un Willys auténtico, de los de la guerra: los brincos que dábamos nosotros, como reflejo de los rebotes de la máquina, eran brincos distintos a cualesquiera otros, y cuando uno por fin le cogía el truco, podía sentirse la complicidad, una relación parecida a la del jinete con su caballo. El Willys era un magnífico caballo.

En el colegio me sentí tranquilo y, en cierta forma, tal vez, aliviado. Como si después de temer, durante meses, que ocurriera una desgracia, de repente esa desgracia hubiese pasado por mi lado sin tocarme. Todos hablaban de la insurrección, los muchachos se referían a los tiroteos en la Isla Grande como si fueran las escaramuzas de una lejana guerra. Yo hubiera querido hablar del barbero, pero, antes de bajar del jeep, J.T. me había cogido por un brazo y me había advertido que no podía contarle a nadie que lo conocía.

—Tu padre me pidió que te dijera esto: cierra el pico, podrías complicarlo a él, y también a Estela.

Me quedé callado, mirándolo con desconfianza. Ni muerto pensaba prometerle nada.

—Luego vendré a buscarte.

Pero no estaba ahí cuando salí, ni apareció durante la siguiente hora. Empecé a caminar por las calles aledañas al colegio, mirando hacia atrás de vez en cuando, por si veía aparecer a *Eugene the Jeep*. El Capitán, que era un tipo inquieto, se imaginaría enseguida que otro tipo inquieto como yo no podía quedarse tanto tiempo inmóvil, plantado frente a los portones, ridículo con sus libretas y su estuche de lápices. Pasó otra larguísima hora. Me dio hambre y compré una fritura en un puesto de la plaza. En los últimos minutos me había alejado bastante, así que di media vuelta y desanduve el camino, por si acaso J.T. era tan idiota como para plantarse en un solo lugar y no buscarme por los alrededores.

El idiota, sin embargo, no era J.T., sino el jardinero. Al principio, cuando di la vuelta por la calle del colegio y divisé la camioneta, pensé que se trataba de mi padre. Eché a correr con una falsa ilusión, sintiendo en el fondo que algo no andaba bien. Me extrañó que papá no pusiera en marcha el motor y avanzara hacia mí, que era lo lógico. Cuando llegué, sofocado, me encontré con la cara lívida de Gerónimo, sofocada también, nublada como por un gran espasmo.

—¿Por qué no vino el Capitán?

Gerónimo se encogió de hombros.

—Sube.

Tenía unas manos callosas y duras, que siempre dejaban un rastro de tierra en el volante.

—¿Dónde está mi padre?

Movió su cuello lentamente. Su cabeza semejaba la de una gran tortuga marina, con la cara llena de cráteres, la nariz ancha y carnosa y los ojitos rodeados de grasa, de pequeñas bolitas de grasa.

—Está en el guejau —me contestó Gerónimo, empeñado en llamar al hotelito por su nombre en inglés, *guesthouse,* que él pronunciaba siempre a su manera.

Maquiné otra pregunta, aun a sabiendas de que Gerónimo era un tipo de pocas palabras, muy retorcido para soltar prenda. Le pregunté si mamá se había acordado de que yo estaba en Isabel Segunda y de que nadie me había ido a buscar. Al contrario del Capitán, Gerónimo manejaba con una lentitud desesperante. Ignoró mi pregunta y me comentó algo sobre unos perros ahorcados que acababa de ver. Me interesó lo de los perros y eso me distrajo momentáneamente. Cerca de Martineau detuvo la camioneta y señaló hacia un recodo del camino:

—Ahí los tienes. Seguro que en vida fueron demonios.

Había, en efecto, dos perrazos marrones colgados de un arbusto, ya medio hinchados, mostrando una última mueca de ferocidad en sus bocas.

—Alguien se hartó de ellos —concluyó Gerónimo—. Eso pasa cuando los demonios se sueltan.

Sentí un escalofrío. El jardinero siempre hablaba en esos términos, lo poco que hablaba. Sabía crear un efecto de angustia que se quedaba flotando sobre las personas. Arrancamos de nuevo y el resto del tiempo, unos pocos minutos que faltaban para llegar, permaneció callado. Yo también me mordí la lengua; ni siquiera demostré sorpresa cuando divisé aquel automóvil parqueado frente al hotelito, un Buick que era famoso en Isabel Segunda porque era el único del 49, con sus ojos de buey. Sabía que era el del médico. Pasé de largo y continué hasta casa. Las dos camareras estaban en la puerta, junto con Elodio Brito, que me vio llegar y se viró de espaldas. Las camareras no se movieron, una gimoteaba en seco, mirando hacia ningún lugar. La otra no lloraba, pero me clavó una mirada rara, como si sólo entonces, después de tantos años de trabajar para mis padres, se hubiera dado cuenta de que yo existía.

Adentro olía a manzanas. Era un olor que congelaba la nariz. Mi padre, Braulia y el médico se hallaban sentados a la mesa. Los tres me miraron, pero papá enseguida desvió la vista. A Braulia, por primera vez en todos esos años, la vi indefensa, más aturdida y asustada que cuando había muerto su sobrina Santa. Pasaron unos minutos en los que nadie dijo nada, y entonces papá se levantó, vino hacia mí, me echó el brazo por encima de los hombros y me dijo que fuéramos a caminar. Pasamos de nuevo frente al hotelito, frente al Buick y su mansa mirada, cruzamos la calle y nos adentramos por el angosto sendero que conducía a la playa. De pronto, mi padre se detuvo.

—Escucha, Andrés.

Sabía lo que iba a decir. Miré sus ojos desolados, estragados por tanta desgracia.

—Tu mamá murió.

Se acuclilló para que lo abrazara. Eso pienso porque me tendió los brazos, pero no lo abracé. Miré fijamente la arena, toda esa arena infinita que rodeaba el camino.

—Tarde o temprano te vas a enterar: tu madre se sentía muy triste, así que se quitó la vida.

Siempre he admirado la forma en que papá dijo esa frase, con una cruda sonrisa que, por un momento, me reveló otra dimensión del sueño, un espejo insondable y natural: la paz oscura que se desencadena con la muerte.

—Tomó unas pastillas —agregó—, y entonces se quedó dormida.

Papá se sentó sobre un pedazo de tronco y me invitó a que me sentara a su lado. Prendió un cigarrillo, le dio un par de caladas y me lo pasó. Jamás había hecho nada igual. Yo lo tomé entre mis dedos, sabía cómo hacerlo y aspiré el humo que me llenó de lágrimas. Luego se lo devolví. Nos levantamos, caminamos de regreso a la casa, pasamos frente al médico, que estaba subiendo a su automóvil, y pasamos frente a las camareras, frente a Elodio Brito y a Gerónimo, que me miró de una forma especial, como recordándome que los demonios andaban sueltos. Subimos al cuarto de mi madre, la vi tendida en la cama y comprendí que se había muerto tan llena de dolor que no le cupo el último: el dolor físico que podían ocasionarle las pastillas. Ya Braulia le había limpiado el rostro, que lo tenía sereno. Me quedé mirándola de cerca, no me atreví a tocarla, vi un abismo y a la vez un límite. Un reposo que era suyo y mío. Papá me dijo que la besara y me incliné para hacerlo; primero la besé en la frente, helada y con el mismo olor a manzanas que me envolvió al llegar. Luego la besé en la mano, que fue un beso más largo, como una frase que le susurré. Al levantar la vista, vi la silueta de J.T. recortándose contra el umbral de la puerta. No le veía el rostro, porque la claridad me pegaba de frente, pero sabía que él podía ver perfectamente el mío. Me incorporé para escapar de allí, y el Capitán se echó a un lado para dejarme pasar. Fui directo a mi cuarto a buscar mis barajas, tuve ese impulso inexplicable, buscar unas barajas que tenía hace tiempo y ordenarlas, peinar los naipes sentado en la cama, sin ningún propósito, sólo pensando.

Al caer de la tarde, salí al pasillo y vi de reojo que la habitación de mi madre estaba cerrada. Bajé con las barajas en la mano, lo hice despacio, porque me percaté de que habían movido los muebles de la sala y agrupado unas sillas, todo para el velorio. Todavía no había llegado el féretro, pero había flores y cirios, y un extraño crucifijo de hierro que parecía una espada. Huí de allí y caminé hacia el hotelito, me refugié en algún rincón del portal para jugar de nuevo con mis naipes. En una de ésas, oí los pasos del Capitán, que eran inconfundibles. Se paró a mi lado y me revolvió el pelo —ya nunca más volvería a hacerlo— y luego me pareció que se alejaba, pero a medio camino se detuvo, como esperando que le dijera algo. Me mordí los labios, quería hablar y callarme, quería gritar, morir, despedazar el mundo. Fue cuando lo oí decir: «Así se crece, hijo». J.T. avanzó lentamente hacia mi casa. Y a los pocos minutos me fui tras él.

¿Y si te dijera que una parte de mí, tan sólo una pequeña parte, también precisa saber lo que pasó? ¿No se te ocurre pensar que acaso por eso te cité en Santa Cruz, y he venido hasta aquí, más muerto que vivo? Lo que no pude, o no quise ver en tantos años, lo tengo que mirar ahora, cada minuto hasta el final, como si me estuvieras empujando por un túnel, con el cañón de un arma pegado a la nuca, diciéndome que mire al frente y que no vaya a dar un paso en falso porque podría costarme caro.

Tu padre no quería que lo vieran en Isabel Segunda. El pueblo estaba hirviendo después de la revuelta, y él pensó que le convenía desaparecer del mapa por unos cuantos días. El miércoles, que era primero de noviembre, me pidió que te llevara al colegio, pues a Gerónimo lo habían mandado a no sé dónde con la camioneta, a buscar pescado con toda probabilidad. Me ocupé de leerte la cartilla, algo que tu padre no había hecho. Era peligroso que empezaras a contar que conocías al barbero, y que conocías sobre todo a Roberto, que lo habías visto en el hotelito —lo viste a menudo, aunque hayas borrado ese recuerdo—, que era un amigo de la casa, y en especial de tu mamá. Te mentí. Te aseguré que Frank me mandó que te dijera que cerraras el pico, porque a mí no hubieras querido hacerme caso. Eras un muchacho listo, no tuve que insistirte demasiado. Tan pronto te dejé en el colegio, volví a Martineau. Hay sensaciones que sólo pueden explicarse al cabo de los días, desde la perspectiva de los golpes que nos van hundiendo. Esa mañana pude haberme quedado en Isabel Segunda, meterme en un cafetín y tomarme un par de cervezas.

*O pude virar hacia Mosquito, que era mi plan original, y emplear la mañana revisando una de las hélices del Cessna, que tenía un ruidito incordio que me preocupaba. Pude hacer muchas cosas menos meterme en tu casa a esas horas, con tu madre en cama y tu padre prácticamente en cama también, porque se había encerrado en una de las habitaciones del hotelito, a fumar un cigarrillo tras otro y a oír las noticias en la radio.* Pero Eugene the Jeep, *que era un sujeto con premoniciones, enfiló hacia el* Frank's Guesthouse. *Casi no tuve que conducirlo, sentí como si rodara por iniciativa propia. Por un momento me pasó por la mente la posibilidad de que hubieran ido a detener a tu padre, y quién sabe si también a Estela. Espanté esa idea y metí el freno, me obligué a conducir más despacio y, cuando estaba llegando a Martineau, me topé con una escena irreal: un hombre corpulento, bastante viejo, con el torso desnudo, estaba ahorcando a un perro. Y había otro perro, sentado a su lado, que observaba de cerca la maniobra. Aminoré la marcha y el viejo se me quedó mirando. El perro aún pataleaba en el aire, colgado de la soga; era un animal enorme y pensé que aquel hombre debía de tener una fuerza extraordinaria para sostenerlo en alto. Me acordé de Rienzi, mira por dónde salen a relucir esos recuerdos emboscados. Me acordé de mi propia angustia cuando el muchacho griego pronunció su frase: «Pero la noche comienza ya, y será bueno obedecerla». Había una noche que estaba dando inicio en ese punto, en el lugar donde un viejo lunático sacrificaba a un perro, que era asimismo el lugar donde un hombre sin brújula, mirándolo desde el camino, alcanzaba a comprender un delicado horror. Apreté el acelerador a fondo, estuve a punto de estrellarme tres o cuatro veces antes de llegar a la puerta del hotelito. Salté del jeep y corrí a tu casa: todos estaban allí, incluso una pareja que se hospedaba en el hotel por esos días, era un matrimonio de Georgia con su pequeña niña, que era una niña rara, con cara de duende. Subí a la habitación de tu madre, me topé de frente con Braulia, que me pidió que no me moviera del lado de Frank. «Ya no hay nada que hacer», me dijo. «Estaba viva cuando la en-*

*contré. Pero se fue, sé que se fue.» Tu padre estaba sentado en la cama y sostenía el cadáver de Estela por los hombros, todavía intentaba hacerla reaccionar. Me vio llegar y me preguntó si había llegado el médico. Le dije que no, o que no lo había visto. Daba igual porque lo que me interesaba era saber si aún respiraba. Le busqué los latidos en el cuello, le desgarré la bata y apreté mi oreja contra su corazón, le puse un espejito bajo la nariz. Frank murmuró: «Ya lo hice yo. No respira hace rato». Miré el espejo y vi que era cierto. Estela estaba muerta, tenía la cara manchada de vómitos, había tomado barbitúricos, pero además había empapado un pañuelo en cloroformo, o algo parecido, y se había puesto ese pañuelo sobre la nariz. Así la encontró Braulia, doblemente dormida, y cuando quiso sacudirla para que reaccionara, tu madre dio una especie de suspiro, que al parecer fue el último. Llamaron al médico, que no estaba en Isabel Segunda. La camioneta la tenía Gerónimo, y tu padre ni siquiera se acordó de que me había pedido que te llevara al colegio, como un loco comenzó a gritar que me buscaran, que me dijeran que trajera el jeep. Braulia trató de imponer la razón: nada podía hacerse, porque Estela había muerto. Estaba tratando de convencerlo cuando me vio llegar. Cambiaron los papeles, y fue entonces tu padre quien trató de convencerme a mí, porque, aun después de comprobar que ella no respiraba, insistí en que la lleváramos al jeep y fuéramos a buscar ayuda. «No vale la pena», dijo él por fin, haciendo valer su autoridad. «Esto se terminó, J.T.» Dejó de sostenerla por los hombros y la acomodó en la cama, como a una muerta, como se acomoda a los muertos. Me derrumbé en una butaca y sentí que tu padre emitía un sonido extraño por la nariz, como si se sonara repetidas veces, ésa era su forma de sollozar. Hubiera querido pedirle que esperáramos un poco, que a lo mejor Estela reaccionaba cuando Braulia le empujara uno de sus mejunjes, pero me sentí atontado, como si a mí también me hubieran adormecido con cloroformo, o con lo que demonios fuera. Sé que era un frasquito azul con un líquido que olía a manzanas. Después de empapar el pañuelo, tu ma-*

*dre dejó caer aquel frasquito al suelo, sólo Dios sabe cómo lo consiguió.*

*Pasamos un rato sin decirnos nada, y tu padre, sollozando de esa forma irritante, se abrazó a las piernas de Estela. Lo dejé hacer, porque estaba acordándome del día en que los conocí, a Frank primero, un tipo joven que intentaba sacar adelante su Guesthouse, y luego a ti y a tu madre. Tú eras el pequeño estorbo en brazos de esa mujer por la que decidí volver, y volver, y pasarme los años volviendo. Braulia interrumpió ese recuerdo: traía esponjas y toallas, y a las dos camareras para que la ayudaran a limpiar el cuarto mientras ella aseaba a tu madre. Cogí a Frank por un brazo y lo arrastré hasta el hotelito, bebimos un poco, fumamos sin parar. Tu padre me dijo muchas veces: «Debí pensar que haría algo así». No le contesté porque sabía que tenía razón. Ambos debimos pensar que Estela cometería una locura, que es la manera fácil de decir que haría exactamente lo que se esperaba de ella: un acto lógico, meditado a fondo, planificado de acuerdo con el desenlace que tuviera la revuelta. Los barbitúricos los había guardado durante meses, desde su visita al médico en San Juan, y el frasquito con el cloroformo también lo tuvo que haber conseguido entonces.*

*Cerca del mediodía nos avisaron de que había llegado el médico. No acompañé a tu padre de regreso a la casa, no quise estar presente en ese trámite. Me sospeché que el parsimonioso doctor —hombre gordito, de patillas canosas, que llevaba una gorra que más que gorra parecía un quepis—, iba a auscultar a Estela y a palparle el vientre, y era seguro que para terminar le abriría los ojos, se los alumbraría para verlos por dentro. Lo último que yo deseaba ver eran los ojos verdosos de tu madre y el color que habían tomado al filo de la muerte, vueltos del lado de la indiferencia. Permanecí en el hotelito, tenía sueño, o me sentía como si lo tuviera. Pasó una hora, tal vez más, creo que me quedé dormido en uno de los sillones del vestíbulo, o me desvanecí. Lo próximo que vi fue la cara de Gerónimo, él también solía decirme Capitán, sólo que me lo decía en inglés, y el resultado era algo así* como «captén», dicho con una voz de plomo. *Abrí los ojos y él dio un respingo, asustado de ver en mis pupilas la imagen del pantano en el cual había estado chapoteando. Desde su precavida distancia, me preguntó si había que ir a buscar al niño. El niño eras tú, naturalmente, abandonado a tu suerte a la salida del colegio. Sacudí la cabeza y miré la hora. Le dije que en mi estado no podía manejar, que si quería podía llevarse el jeep. Gerónimo era un ser incoloro. «Mejor voy en la camioneta», masculló. Subí a mi habitación y me lavé la cara. Enfrenté mi rostro en el espejo y, sin dejar de mirarme, emití unos sollozos parecidos a los de tu padre, tan nasales y fastidiosos como los de Frank. Quizás algunos hombres no sabemos llorar de otra manera. Se terminaba para mí no sólo una mujer, sino un lugar, una época, unos planes de vida. Ahora ya no importaba si eran planes fantásticos. Mientras la ilusión duró, pude mantenerme activo, viajando de una isla a otra, cargando mercancía o difuntos, alegremente había cargado con mis muertos, más rígidos o menos rígidos. A veces los oía hablar.*

Me serví otro trago. *Tenía humo en la cabeza, pero aún conservaba la suficiente sobriedad como para preocuparme por lo que te diría Gerónimo. Sabía que nada más verlo llegar te darías cuenta de que algo grave había ocurrido. Gerónimo, aparte de incoloro, era un ser impredecible, una rarísima bestia. Por eso mismo lo creía capaz de contarte que ni tu padre ni yo te habíamos ido a buscar porque estábamos ocupados con tu madre muerta. Dicha de ese modo, salida cruda del lapachero de su voz, la noticia te iba a aplastar. Aplastado llegarías a Martineau y buscarías enseguida a tu padre. Decidí que tampoco estaría presente en ese instante. Vi llegar la camioneta, te vi pasar disparado hacia la casa, seguido de cerca por Gerónimo. Poco después, saliste en compañía de Frank y echaron a caminar rumbo a la playa. Me imaginé que irían a hablar. Al cabo de un rato, y de dos o tres tragos generosos, me sentí con ánimos para volver a la casa, y con ganas de ver a Estela y despedirme de ella, desde la bruma, sin ninguna esperanza. Pero no pude, porque tú y tu padre esta-*

ban de regreso y, en el momento en que me asomé a la habitación, vi que la estabas besando, la besaste en la frente, o en los labios, y luego le besaste las manos. La claridad entraba desde el pasillo y te daba en el rostro, y fue tu rostro, la manera en que achicaste los ojos para ver quién era el intruso que se interponía, el que me infundió una especie de clarividencia. Intuí, de pronto, que en ese cuarto no quedaba nada. No sólo no estaba Estela, sino que tampoco estabas tú, ni estaba tu padre, que había sido mi amigo. Ni siquiera me sentía capaz de asegurar que yo era quien era. La muerte en esa habitación era un caldo que nos convertía en extraños, en macabros trocitos de gente, vestigios de animales irreconocibles. Te levantaste para salir y me aparté de la puerta. Pensé que ni loco me quedaría un minuto a solas con tu padre. Ni uno más. Creo que te metiste en tu cuarto y yo agarré el jeep y me fui a Mosquito. Debí de revisar la hélice, tenía ese ruido que me preocupaba. Pero despegué sin mirarla, sentí alivio cuando lo hice, me elevé suavemente y ningún sonido me perturbó. El Cessna Periquito estaba volando como siempre, con la excepción de que lo pilotaba otro. Aullé en el aire, grité donde nadie podía oírme, di vuelta en La Esperanza para hacer una pirueta que le había visto hacer a mi padre muchos años atrás. Sabía que no me saldría bien, que la avioneta podía caer en espiral y ya no podría recuperar el control. Entonces me faltaron huevos, no era capaz de hacer esa pirueta ni de tirar la avioneta sin más. Es una gran falacia que los suicidas sean la gente más desesperada. La desesperación tiene su escala: llegado a un punto puedes hacerlo. Pasado ese punto, desgarrado hasta el alma, ni siquiera sirves para acabar con dignidad. Volví a Mosquito bajo un aguacero absoluto y aterricé pegando patinazos. El Cessna, por dentro, olía a vómito, porque vomité mientras daba la vuelta en La Esperanza; sentí la boca amarga y un gran asco de mí y de todo cuanto me rodeaba. Recordé que en la parte de atrás de la avioneta, dentro de la caja de las herramientas, tenía una vieja botella de ron a la mitad. Corrí a buscarla y bebí ansiosamente, inmóvil bajo el aguacero, mientras observaba a Eugene the

Jeep, *al otro lado de la pista, su silueta borrosa e irónica al mismo tiempo. Tiré la botella al suelo, junto a la avioneta, y tomé la decisión de no quedarme para el funeral.*

*Me dirigí a Martineau para recoger mis cosas, mi maletín lleno de papeles, mi ropa, algunos mapas de vuelo, todo lo que había dejado en la habitación. Quería decirle a tu padre que no podía quedarme, pero que lo ayudaría en lo que fuera, si necesitaba que le hiciera algún trámite en Isabel Segunda. Al pasar frente al hotelito, camino de la casa, te vi sentado en el suelo, jugando con unas barajas, disimulando que jugabas, en realidad estabas hundido, sucio, con la cara llena de mocos. Levantaste la vista, tenías tanta rabia en el cuerpo que hasta me pareciste uno de esos niños subnormales, con los ojos desorbitados y la estúpida boca abierta, soltando un hilito de baba. Recuerdo que seguí de largo, pero lo pensé mejor y me detuve; te dije algo acerca de que crecemos con los golpes, o una mantecatez muy parecida. En todo caso seguiste mirándome con rabia, y acusé recibo del golpe.*

*Fui derecho a la habitación de tu madre. Supuse que Frank estaría con ella, o que estaría Braulia. Había buscado a Braulia en la cocina, pero la casa parecía desierta. Empujé la puerta de la habitación, que no estaba del todo cerrada, y vi el perfil que me conmovió. Ya te he dicho que la voz es lo último que se apaga, que los susurros y las palabras sueltas se quedan flotando durante varias horas sobre los cuerpos sin vida. Lo he comprobado con todos los cadáveres que me ha tocado llevar en la avioneta. Y pude comprobarlo con Estela. Entré a la habitación y cerré la puerta. Estaba chorreando agua y me quité los zapatos. En un momento tan devastador como aquél, no se me ocurrió sino pensar en la bronca que me metería Braulia cuando viera el suelo lleno de charquitos. Luego me acerqué a la cama. Tu madre estaba limpia y peinada, cubierta hasta el cuello por una sábana de hilo. A su lado, en el lugar donde sospecho que dormía tu padre, había un vestido gris, demasiado severo, que supuse era el que le pondrían para meterla en el ataúd. Al inclinarme para mirar ese vestido, unas gotas de agua se escurrieron desde mi cabeza. Bus-*

qué a mi alrededor una toalla, un paño, y no encontré nada. Me quité la camisa y con ella traté de secarme el pelo, pero al mismo tiempo levanté la sábana para evitar que el agua calara hasta la piel de Estela. Ella estaba desnuda, perfumada y seca, totalmente seca y aposté a que menos fría, mucho menos rígida de lo que nadie hubiera sospechado. Me senté a su lado, en la orilla de la cama, y le tomé las manos, que Braulia se las había enlazado sobre el pecho. Me incliné para besarle los dedos, y resulta que después de besárselos, aquellos dedos, aquellas manos se desenlazaron, fue un gesto mágico que dejó al descubierto los pezones. Me invadió un dolor y un desconcierto que me avergonzaron. Con gran vergüenza apreté mi cara contra su carne y subí olfateándola, en busca de un olor del que pudiera renegar más tarde. De repente me vi acostado junto a ella, literalmente abrazado a su cuerpo, y caí en la cuenta de que mi pantalón, sucio del polvo de la pista de Mosquito y asqueroso de vómitos, podía ensuciar las sábanas y la piel de tu madre, arruinando el soberbio trabajo que había hecho Braulia para dejarla nítida. Me levanté y me lo quité, lo tiré lejos y volví con Estela, hundí mi cara en su pelo y me quedé flotando, sintiendo que la modorra me ganaba, ese cansancio que me perseguía desde el mediodía; una borrachera distinta de la borrachera auténtica, pero también mezclada con aquélla. Medio dormido le busqué los labios, que los tenía entreabiertos. Sin asco, con amor y naturalidad, metí mi lengua a través de ellos, y sólo en ese instante alcancé el hielo, el estupor de la nada, un enigma viscoso que era el descanso de su propia lengua. Aparté bruscamente mi cara y la dejé caer sobre su pecho, sollozando a la manera de tu padre, como si me estuviera sonando la nariz, mi cuerpo entero sacudiéndose, muerto de frío y de remordimiento.

## 11

Ni Braulia ni papá estaban en casa. Habían salido ambos en la camioneta, me parece que a comprar un féretro, y a dar aviso de la novedad en Isabel Segunda. Después de revolverme el pelo y de soltar una frase de borracho, J.T. entró en la casa y se metió en la cocina. Le dio voces a Braulia, y, en el silencio de la media tarde, me parecieron un insulto aquellos alaridos suyos. Me escurrí hasta el comedor y me agazapé detrás de la mesa, y desde allí lo vi enfilar hacia las escaleras, subirlas dando tumbos. Intuí que el Capitán no tenía otro norte que el cuarto de mi madre y que se dirigía hacia él; me pareció adivinar que se iba a detener ante la puerta, respirando duro, acumulando fuerzas, y que luego iba a empujarla de un puntapié, como un vaquero que va a sembrar el pánico dentro de una cantina. Desde el lugar donde me hallaba, pude comprobar que mi intuición era cierta: oí el golpe del rebote contra la pared, y luego el otro golpe con el que se cerró la puerta. Fue un golpe seco que retumbó dentro de mis pulmones: el Capitán se había quedado a solas con mi madre.

Halé una silla y me senté a la mesa. Si J.T. de pronto abría esa puerta y bajaba con mamá en los brazos, ¿qué podía hacer yo para impedir que la metiera en el jeep, la llevara hasta la pista de Mosquito y despegara con ella en la avioneta? Acostumbrado como estaba a alzarse con cadáveres, a volar con ellos de una isla a la otra, ¿cómo no iba a querer volar por última vez con Estela, callada y olorosa, casi despierta después de que Braulia le untara cremas en la cara y le limpiara los dientes?

Salí del comedor y me acerqué a la escalera. Apenas el día anterior, mamá había estado allí, ovillada en los peldaños de abajo, oyendo la voz de la radio que contaba el asedio a la barbería. Subí temiendo encontrarme de frente con el Capitán, de puntillas para no hacer ruido. Junto a la puerta me quedé esperando, oyendo el vacío, el zumbido de la paz absoluta: ni una palabra, ni un roce, ni el menor murmullo. Abrí despacio, con tanta suavidad y tanta eficacia, que por un momento me sentí invisible. Braulia había corrido los visillos y me costó trabajo empezar a definir las formas. El Capitán estaba de pie, ya sin camisa, inclinado sobre el cadáver de mi madre. Sus botas habían quedado cerca de la puerta y las vi claramente, había algo triste y repulsivo en los cordones sueltos. Era difícil distinguir sus movimientos, pero me di cuenta de que se incorporaba y se afanaba en abrirse el botón de la cintura, hasta que lo logró y el pantalón cayó, quedó arrebujado como un gato en torno a sus tobillos. J.T. sacó primero un pie, me pareció que vacilaba unos segundos, por el efecto del alcohol lo más seguro, y luego sacó el otro. Al final le pegó una patada al pantalón, que voló a un rincón del cuarto. Quedó tieso y desnudo. A mi edad, no era capaz de imaginar cuán punzante puede llegar a ser el deseo de un hombre joven, lleno de fuerza y de vitalidad, marcado por el desdén y la agonía de volar a solas, un día tras otro, borracho y con exceso de carga. Me repugnó la visión de su perfil. Cada célula de mi cuerpo se inundó de asco, de un asco humano que peleaba en mi cabeza y en mi estómago, pero que no llegaba a controlar mi sangre. Mi sangre iba por otro lado, arrastrando una sustancia que no puedo nombrar, un enfermo entusiasmo. El Capitán avanzó hacia el cadáver de mi madre, que yo veía cada vez mejor, en la medida en que mis ojos se iban acostumbrando definitivamente a la penumbra. Desnudo por completo, el cuerpo de mamá quedó oculto bajo el cuerpo de J.T., bajo su espalda glaseada y su culo pecoso, totalmente irreal. Desde el umbral lo sentí olisquear y resoplar, quejarse humildemente, balbucear una frase o escupir, tal vez sólo escupía. Luego se apoyó sobre su brazo izquierdo y se elevó un poquito, y con el brazo derecho vi que acomodaba el torso de mi madre, lo atrajo hacia donde él quería. Se me figuró que hincaba una de sus rodillas para separar las piernas, y se me nubló la vista. El fango en mi estómago se compactó, y el Capitán se deslizó al horror, al suyo y al mío, se hundió fiero y maldito, como sólo un hombre de su corpulencia era capaz de hundirse.

No sé cuánto duró. Tampoco puedo decir en qué momento J.T. se percató de mi presencia. Supongo que hice un ruido, o que tomé una abrupta bocanada de aire, como quien ha estado mucho rato sumergido y alcanza la superficie en el momento agónico. Él volvió la cabeza y nuestras miradas se cruzaron. No es que nos miráramos a los ojos, porque era casi imposible en la penumbra; fue algo monstruoso, mucho más intenso. De esa frontera no podíamos regresar ninguno de los dos, no había retorno y los dos lo supimos. Eché a correr escaleras abajo, salí aterrado de la casa y apenas tuve tiempo de alcanzar el patio: empecé a vomitar en ese mismo instante y no paré de hacerlo hasta que me sacaron de Martineau y me inyectaron calmantes para que durmiera; para que al despertar de nuevo no viera sino las luces imaginarias con las que estuve hablando durante un par meses. El Capitán se levantó y se vistió con su ropa empapada. Volvió a cubrir a mi madre, se esforzó por dejarlo todo tal como lo había encontrado. Ni Braulia, que la había bañado, ni mi padre, atormentado por la estúpida cuestión del féretro —se obsesionó durante varios días con la idea de que no había podido hallar un solo féretro de lujo en Isabel Segunda–, cayeron en la cuenta de que el cuerpo de mamá había sido profanado. Ambos murieron sin saberlo.

J.T. recogió sus bártulos, y el Cessna Periquito despegó por última vez de la pista que durante tantos años lo había visto llegar, soltar la carga y partir con otra carga diferente, o con algún pasajero de pago, o con nosotros, sus amigos del Frank's Guesthouse, los miembros de la familia Yasín. Durante algunos (¿unos?) meses mi tía se ocupó de mí. Me visitaba a diario en el hospital de San Juan, y luego me llevó a su casa hasta que me recuperé lo suficiente para volver a Vieques. Sin embargo, cuando llegué a Martineau, todos pensaron que habían puesto a otro niño en mi lugar. Braulia ya se había marchado del hotel y estaba viviendo con Gertrudis, en la misma hacienda cafetalera donde acabó sus días, treinta y cinco años después, casi nonagenaria. Papá tenía dos compradores para el hotelito, pero ninguno de los dos estaba dispuesto a pagarle ni la mitad de lo que él aseguraba que valía el terreno y ambas edificaciones, el hotel y la casa. Aún nos quedamos otro verano más, el del 51. Gerónimo estaba con nosotros, y Elodio Brito siguió cocinando, pero era evidente que faltaba el alma de Martineau, que era mi madre, y faltaba el cerebro, y de algún modo el músculo, que había sido Braulia. También faltaba el Capitán, que jamás volvió a su habitación. La ocuparon otros huéspedes, y para entonces yo había despedazado aquella foto en la que él aparecía de perfil, recostado en la avioneta, mirando hacia los cayos de La Esperanza. La había roto jurándome que lo mataría en cualquier lugar donde volviera a verlo.

Con el tiempo nos mudamos a San Juan. Me quedé viviendo con mi tía mientras mi padre probaba suerte en Estados Unidos; primero en Florida y más tarde en Georgia, donde ya tenía algunos amigos. Entre esos amigos estaba aquella pareja que se hospedó en el hotelito por los días en que murió mi madre. Tenían una niña que lloraba demasiado, una rubita perpleja que pretendía que la tuvieran todo el tiempo en brazos. Luego el hombre murió, y la viuda siguió carteándose con papá, hasta que finalmente se encontraron y decidieron casarse. Estuve presente en esa boda. Helen me confesó que, el mismo día en que murió mi madre, había tenido un sueño en el que se veía casada con el dueño del hotelito. Aquel sueño le pareció un disparate, pero luego comprendió que los dormidos, en un punto extraviado de la madrugada, suelen cruzar su vuelo con el de los muertos. Me habló de esa manera y lo sentí en los huesos. Sentí frío y compasión. Sentí, en particular, nostalgia. Estábamos en Georgia y era otoño, pero hasta ese lugar vino a alcanzarme un olor de aguamalas que se descomponían en la orilla; el mismo olor picante que respirábamos en los balcones de nuestro hotelito cada vez que se acercaba octubre. De la cadena de medusas secas, en la arena, sólo quedaba en el invierno un rastro: un suave filamento verde, que era a la vez un duelo y un incansable enigma.

—No veré más este lugar —declaró el Capitán—. Es un alivio.

Lo recogí en el hospital y compartimos el taxi hacia el aeropuerto. A pedido suyo, el taxista dio una vuelta innecesaria por Christiansted, pero el Capitán ni siquiera se tomó el trabajo de echarle una última ojeada a las calles. Dijo lo que dijo con la mirada clavada en sus manos, que las tenía apoyadas en las rodillas, como si estuviera contemplando en ellas el paisaje original: el de aquellos años en que veníamos al Pink Fancy y recorríamos por la mañana el puerto, mientras que algunas tardes, para distraernos, emprendíamos los largos paseos que casi siempre culminaban en la torre amarilla de Fort Christiasvaern, junto a la cual se sentaba una vieja que vendía *maubi*, el refresco favorito de mi madre, y otra vieja a la que le comprábamos *titi bread*, que era un pan con dos picos que me encantaba a mí.

—Hace unos meses —musitó el Capitán—, una mañana que me estaban poniendo la inyección de la quimio, pensé que iba a perder el pelo, todo el pelo y las cejas. ¿Puedes creer que en esos momentos me acordé del barbero?

Permanecí callado. Creyó que no había captado a qué barbero se estaba refiriendo.

—El día que lo mataron —agregó en un susurro—, fue la última vez que vi con vida a tu madre.

—No lo mataron —revelé con coraje, como si el otro

hubiera proferido una ofensa—. Le pegaron un tiro de gracia, pero sobrevivió.

El Capitán se pasó la lengua por los labios. Estuve a punto de preguntarle si deseaba que detuviéramos el taxi para comprar una botella de agua. Me arrepentí antes de abrir la boca.

—¿Sobrevivió? Alguien me dijo que había muerto. Tuvo que haber sido tu padre, me lo escribió en una carta.

Negué con la cabeza. Le expliqué que, cuando los policías lograron entrar en la barbería, hallaron a Vidal inconsciente, tirado sobre un charco de sangre. Un sargento que dirigía el grupo de asalto le disparó a la cabeza. La bala se le alojó en el cráneo, en un sitio delicado del que creo que jamás pudieron extraérsela. Pasó semanas en el hospital, muriéndose unos días, resucitando en otros. Al cabo de dos meses, los médicos determinaron que estaba fuera de peligro y que podía ingresar en la prisión. Así empezó a cumplir su condena, como un pobre fantasma remendado. Tenía un agujero violeta en la frente, que era la marca del tiro de gracia, y una mano inútil, o casi inútil, llena de costurones, en la que se echaba en falta un par de dedos. Tuvo que aprender a sostener la tijera con la mano que le quedaba sana, y los presos comunes ofrecieron sus cabezas para que Vidal practicara en ellas. No eran las grandes cabezas de la revolución que había atusado en otros tiempos, pero eran cabellos vivos que él picoteaba a gusto, y que lo ayudaron a recobrar su habilidad. Salió de la cárcel años más tarde, convertido en un barbero nuevo, con otro tipo de mano y otro tipo de mirada. Mi padre no volvió a verlo. Le había mandado alguna ayuda con los nacionalistas que iban a visitarlo a él y a su mujer, y por carta llegó a comentarme que había sabido que Vidal trabajaba de nuevo, casualmente en la barbería de un hotel, y que seguro que eso lo haría acordarse del verano del 50, cuando peló a todos los huéspedes del Frank's Guesthouse.

—A todos menos a mí —aclaró el Capitán—. Le cogí miedo a su tijera. Me miraba de una forma rara aquel barbero. En todo caso, yo era gringo y no podía arriesgarme.

Llegamos al aeropuerto. Un empleado de la línea aérea se acercó empujando la silla de ruedas que habían solicitado desde el hospital. Le hizo seña a J.T. para que la ocupara, y él vaciló antes de sentarse, me imaginé que le daba repelo y en el fondo vergüenza. Luego accedió, mirándome a los ojos, fue una mirada llena de piedad —piedad hacia mí, la recibí en los huesos—, que le sostuve hasta donde me fue posible.

—Y tú —dijo negándose a cambiar de tema—, ¿tampoco lo volviste a ver?

Dudé unos segundos. Me parecía que sí, que lo había vuelto a ver. Fue un día que bajaba por la calle Cuevillas, en dirección a un restaurante donde me esperaba Gladys. Noté que un hombre parado en la puerta de una barbería se quedaba mirándome. Yo acababa de regresar de Vietnam y era consciente de que a los cojos jóvenes nos miraba la gente. Pero me molestó la fijeza con que lo hacía aquel tipo, y pensé en soltarle alguna frase amarga. Ya iba a hacerlo cuando descubrí que se trataba del barbero. «¡Pero si es Vidal!», exclamé. Él asintió con una sonrisa, y la cicatriz violeta de su frente se tornó aún más violeta. «Soy Andrés Yasín, ¿no se acuerda de mí?» Dio un paso atrás, se concentró en mi cara. «Despedimos el año 49 en el hotelito de mi padre.» Vi que se demudaba, una violenta sombra dividió su cara. «Mi mamá le pidió que me cortara el pelo y usted me regaló una boina de cadete.» El barbero balbuceó una excusa. «Ella se llamaba Estela. Vivíamos en Martineau.» Retrocedió hacia la barbería, y la cicatriz de su frente se convirtió en un ojo. «No, no lo recuerdo.» Le temblaba la boca, empezaba a sudar y se viró de espaldas.

—Un tiro de gracia —masculló melancólicamente el Capitán— es lo que necesitamos algunos.

En ese instante anunciaron su vuelo. El Capitán parpadeó varias veces y creo que lo hizo aposta, con rigor y malicia, como si estuviera avisándome de un peligro.

—Las tortugas —dijo por fin, y descubrí que tiraba de un hilo incierto, correoso como las anguilas—. ¿No te acuerdas de aquel tipo en Buck Island que vendía tortugas disecadas?

Sammy. El tipo que las vendía se llamaba Sammy y era un negro escuálido, con la nariz carcomida. Ponía las tortugas vivas al lado de las disecadas y de las moribundas para gastarles esa broma a sus clientes.

—Las disecaba mal —afirmó el Capitán—. Apestaban como el demonio. Una vez le regalé una a Estela y tú insististe en quedarte con ella. La querías para ti, decías, y todo el tiempo estuviste rogando, exigiendo que te la entregara, hasta que ella cedió, es lo que hace una madre, ¿no es así? Pero a los pocos días la tortuga se desmoronó en tu cuarto, se convirtió en carroña y te mató la peste. No sabes cuánto me alegré, jodido niño caprichoso.

Tragó en seco, y algo cómico subió y bajó a través de su cuellito alambrado de venas.

—El caso es que tuviste miedo. El miedo te engañó, y te ha seguido engañando todos estos años. Cuando fui a despedirme de tu madre estaba oscureciendo. Rápido oscureció. ¿Cómo pudiste ver eso que dices? Razona, mierda, hazte siquiera esta pregunta: ¿qué otra cosa quisiste para ti?

Se me achicaron los hombros, sentí un dolor mortal en la nuca. El empleado de la línea aérea se acercó en ese momento para avisarle de que estaban a punto de abordar. Se colocó detrás de la silla de ruedas y me hizo señas de que iba a llevárselo.

—Me voy —le dije.

—Quédate —ordenó J.T. Era la primera vez, en todos esos días, que su voz me recordaba la verdadera voz del Capitán de los Dormidos—. Vamos a despedirnos.

Me tendió la mano, que la tenía helada, y se la estreché con otra mano idéntica, vieja y glacial.

—Sácame de la duda —insistió sin soltarme—. ¿No lo querías siempre todo?

Comenzaron a empujarlo hacia la puerta de embarque. Antes de entrar por ella vi que me echaba una mirada desprovista de pesar o ironía, una mirada totalmente joven. Debí de parecerle un niño imaginario, un depravado insomne. Alzó la voz para que lo escuchara bien:

—*Sweet dreams*, Andrés. ¡Que sueñes con los angelitos!

# Últimos títulos